Beat Grossrieder

Das verschwundene Einser-Tram

Der erste Fall für Leo Känzig

Kriminalroman

Atlantis

Für Silvie und Louise

Alle Rechte vorbehalten
Copyright © 2024 by Atlantis Verlag
in der Kampa Verlag AG, Zürich
www.atlantisliteratur.ch
Lektorat: Susann Säuberlich
Covergestaltung und Satz: Lara Flues
Covermotiv: © Rui Ricardo
Gesetzt aus der Stempel Garamond LT / 240120
Druck und Bindung: Friedrich Pustet, Regensburg
Auch als E-Book erhältlich
ISBN 978 3 7152 5516 3

I

Leo Känzig stutzte, als er sich in der Führerkabine des Siebner-Trams nach hinten zu seiner Jacke umdrehte, die am Haken beim Fenster zum Passagierraum baumelte. Bald würde er sie überziehen und in den verdienten Feierabend entschwinden können. Ihm war, als hätte er soeben durchs Seitenfenster etwas Unerhörtes gesehen. Seine Beobachtung hatte er nur flüchtig aus dem Augenwinkel und in der Vorbeifahrt gemacht.

Weil es bereits auf eins in der Früh zuging, waren alle Gassen und Plätze um den Bahnhof Enge dunkel und menschenleer. Doch auch als sein Tram 2000 über die vielen Weichen auf den Bahnhofplatz holperte und ihn wieder ein wenig wachrüttelte, wollte ihm das Bild nicht aus dem Kopf gehen: Da hatte doch ein Mann auf dem Gehsteig gelegen! Er war dunkel gekleidet gewesen, hatte einen Arm steif von sich gestreckt und das Gesicht nach unten gerichtet.

Passanten hatte Känzig dort keine entdeckt. Auch nicht an der Haltestelle des Dreizehners etwas weiter oben, wo ein Lichtschein über den vom letzten Regen noch feuchten Asphalt schimmerte und diesen zum Glitzern brachte, als wäre er Teil der Lucy-Weihnachtsbeleuchtung in der Bahnhofstrasse.

Oder hatte er geträumt? Machte sich das Schlafmanko, das ihn seit der Geburt seiner zweiten Tochter Laura vor einem knappen halben Jahr plagte, in Form von Halluzinationen bemerkbar? Die Känzigs führten eine egalitäre Ehe, seine Frau Simone hatte ihm noch vor dem ersten Zungenkuss das Versprechen abgenommen, er müsse sich in der Betreuung des Nachwuchses ebenso engagieren wie sie. Simone hatte Kinder gewollt, mindestens zwei, lieber noch mehr. Aber das Windelwechseln und Zubettbringen wollte sie hübsch halbiert haben.

Leo und Simone kannten sich seit über zwanzig Jahren, seit ihrer Zeit am Gymnasium, wo sie Parallelklassen besucht und sich auf einer Studentenparty ineinander verliebt hatten. Leo liebte seine Simone und seine Töchter Luisa und Laura, auch wenn der Alltag mit ihnen schon sehr fordernd war. Und ihn ab und zu von seinen Leidenschaften abhielt. Vom Radfahren mit seinen Kollegen etwa. Oder vom Kältebaden, das er im Winterhalbjahr so gut wie täglich praktizierte.

Es ist nicht immer leicht, eine Familie zu haben, dachte Känzig, als er am Bahnhof stoppte und die Türen des Trams öffnete. Aber keine Familie zu haben, wäre erst recht nicht leicht. Was würde er tun ohne seine drei Lieben? Wofür würde er hier bei den Verkehrsbetrieben der Stadt Zürich vbz Geld verdienen, wenn nicht für Frau und Kind? Dabei war sein Job teils gar nicht so familienfreundlich. Seine Nachtschichten und Wochenenddienste ließen sich nicht so einfach in die Familienagenda einfügen, die Simone immer auf der Küchenablage griffbereit hatte und die lückenlos zu befüllen sie niemals vergaß. Geburtstage, Hochzeiten, Ferienwochen, Großelternbesuche, Zahnarztvisiten – alles immer drin. Bereits in seinem früheren Job als

Chefermittler bei der Kantonspolizei in Uster hatte er viele unregelmäßige Dienste gehabt, was die Planbarkeit des Familienlebens ebenfalls stark tangiert hatte.

Känzig wusste, dass Simone deshalb heimlich erleichtert gewesen war, als er vor zwei Jahren seinen Polizeihut an den Nagel hängen musste. Er hatte bei den Ermittlungen im Fall des »Todesengels von Uster« übers Ziel hinausgeschossen und illegal Abhörwanzen und Videoüberwachungen eingesetzt. Damit wollte er den Krankenpfleger überführen, den man für eine rätselhafte Häufung von Patiententoden verantwortlich gemacht hatte. Auch dass er im Berufsalltag zwingend mit einer Schusswaffe unterwegs sein musste, hatte Simone immer sehr beunruhigt. Sie hatte gehofft, dass er einen neuen Job finden würde, der weniger gefährlich und nervenaufreibend war. Und in Sachen Arbeitszeiten etwas mehr in Richtung Nullachtfünfzehn zielte. Endlich wären die Sondereinsätze und nächtlichen Verhörmarathons vorbei, die bei seinen Polizeiermittlungen in Uster öfters vorgekommen waren. Das hatte in Simones Agenda nicht nur einmal für wüste Radiergummischlieren, durchgestrichene Vorfreudenotizen und frustriert herausgerissene Seiten gesorgt.

Aber, ehrlich gesagt, war es im neuen Job nicht viel besser. Als Tramfahrer hatte Leo Känzig genauso zahlreiche unregelmäßige Einsätze zu absolvieren. Nachtschichten und Wochenenddienste gehörten zu seiner Arbeit wie der Senf zur Wurst am Sternengrill. Immerhin waren diese Sonderschichten meist weit im Voraus festgelegt. Und er hantierte im neuen Job zwar nicht mehr mit einer Pistole, aber gerade ungefährlich war es auch nicht, ein fast vierzig Meter langes Tram mit einem Gewicht von beinahe vierzig Tonnen durch die Stadt zu bugsieren. Der Bremsweg einer solchen Komposition war bei nassen Straßen mindestens dreimal so lang wie der eines Autos. Scherzhaft sagte Leo gegenüber seiner Frau und seinen Kollegen, dass es in Zürich nur wenige Dinge gebe, die immer Vortritt hätten: erstens Polizei und Feuerwehr, zweitens der Krankenwagen und drittens das Tram.

Auf seinen privaten Wegen durch die Stadt nahm Känzig jedoch fast nie das Tram oder den Bus. Er war ein eingefleischter Fahrradfahrer, der sich weder von Graupelschauer und Eisregen noch von Steigungen wie Albisgüetli oder Zoo einschüchtern ließ. Er war der festen Überzeugung, mit dem Fahrrad in aller Regel schneller als mit dem öv ans Ziel zu kommen. Außerdem hielt ihn das Fahrrad fit, was er mit seinen 45 Jahren gut gebrauchen konnte. Er sehe gut aus für sein Alter, hörte er nicht nur von seiner Simone, sondern auch von den Männern seines Velogrüppchens und von den befreundeten Berufskollegen. Er war groß, schlank, hatte immer noch volles Haar, das nur an den Schläfen leicht ergraut war. Meistens trug er Jeans und Langarmshirts, dazu Lederschuhe und Vintagejacken. Seine Kleider wie auch seine Fahrräder und die meisten seiner sonstigen Besitztümer stöberte er mit viel Geduld und geschultem Jagdinstinkt auf Flohmärkten, in Secondhandläden sowie auf Plattformen wie Etsy, Ricardo und Tutti auf.

Im Rückspiegel erkannte Leo Känzig, dass in seinem Siebner nur noch zwei Passagiere an Bord waren. Sie mussten angetrunken sein und hingen krumm wie

Bananen in ihren Sitzen. Bei den Zeitungsboxen am Bahnhof Enge war bereits der Spediteur vorgefahren, um das Gratisblatt für den nächsten Tag einzufüllen.

Dieser Bote weiß vermutlich wenig darüber, welche Schreckensmeldungen das Blatt für den nächsten Morgen bereithält, dachte Känzig. Nur so ließ sich erklären, weshalb der Mann ein fröhliches Lied summte, während er die Zeitungen stapelweise in die Boxen schob. Dann fuhr er mit seinem Elektrowagen wieder in die Nacht hinaus. Vollkommen lautlos, wie er gekommen war, was gespenstisch wirkte.

Känzig selbst las fast keine Zeitungen mehr. Die gedruckte Ausgabe im Briefkasten hatten sie abbestellt, als sie vor vier Jahren Luisa bekommen hatten und die freie Zeit immer knapper geworden war. Das digitale Abo hatten sie Jahr für Jahr stets ein wenig unmotivierter erneuert. Aber am Handy oder am Bildschirm las er selten ganze Berichte. Meistens überflog er nur die Schlagzeilen, um über das Wichtigste informiert zu sein. So hatte er letztes Jahr auch eher zufällig beim Surfen in den News davon erfahren, dass der »Todesengel von Uster« tatsächlich jener Pfleger gewesen war, den er verdächtigt und observiert hatte. Der Mann war in flagranti ertappt worden, hatte ein Geständnis abgelegt und saß nun für ein Jahrzehnt im Gefängnis. Das war für Känzig eine späte Genugtuung gewesen. Auch wenn er durch diese Verurteilung sein Ausscheiden aus dem Polizeicorps nicht hatte rückgängig machen können.

Schon wollte er den Arm ausstrecken und den Kippschalter betätigen, mit dem die Tramtüren geschlossen wurden, als ihm seine Hand den Gehorsam verweigerte.

Eine Stimme in seinem Innersten befahl ihm, jetzt ultimativ nachschauen zu gehen und zu klären, ob dort ein Mann auf dem Gehsteig lag oder nicht. Einmal Polizist, immer Polizist; er konnte an einem potenziellen Tatort doch nicht einfach vorbeischlendern wie ein trockentherapierter Alkoholiker an einem Liquor Shop. Früher, als Polizist, hätte er keine Sekunde gezögert und wäre der Sache nachgegangen. Und nun? Nun hatte er Familie, war eingespannt in die Betreuung der Kinder und die Beziehung zu seiner Frau. Und seinen Karriereknick in Uster hatte er auch noch nicht richtig verdaut, wie er sich eingestehen musste. Der unschöne Abgang dort beschäftigte ihn noch immer. Trotzdem: Stand er nicht doch irgendwie in der Pflicht zu handeln? Weil er zufällig Zeuge eines womöglich tragischen Vorfalls geworden war? Falls der Mann tatsächlich dort liegen sollte, bräuchte er bestimmt Hilfe. Würde er diese verweigern, könnte er sich am Ende strafbar machen.

Er griff zum Funkmikrophon, stellte die Verbindung zur Leitstelle her und ließ sich mit seinem Freund Sam Gröbli verbinden, von dem er wusste, dass er an diesem Sonntagabend Ende September Nachtdienst hatte. Tatsächlich hörte er nach einem Knacken und einem Rauschen die vertraute Stimme von Sam, der fürs Leben gern selbst Trams pilotiert hätte, dies aufgrund eines Rückenleidens aber nicht konnte. Nun steckte er seine ganze Leidenschaft für die Schienenfahrt in seine Arbeit auf der Leitstelle. Känzig hatte ihn kennengelernt, nachdem er in Zürich seine Ausbildung begonnen hatte und sie bei einem Mitarbeiterturnier im Tischfußball als Siegerteam den Pokal abgeräumt hatten. Denn Sam

Gröbli hatte auch davon geträumt, Profifußballer zu werden, was erneut sein Rücken nicht zugelassen hatte. So hatte er sich zum virtuosen Tischkicker emporgearbeitet, der in den einschlägigen Bars von Zürich für seine Dribblings und Hammerschüsse gefürchtet war.

»Sam, hier Leo, hör zu. Ich bin beim Bahnhof Enge mit dem Siebner-Lumpensammler. Es sind nur noch zwei Fahrgäste mit mir, und ich muss anhalten und etwas Dringendes klären. Das ist doch bestimmt kein Problem, wenn ich die beiden Passagiere einen Moment warten lasse und vielleicht eine Viertelstunde später ins Depot fahre, oder?«

»So, so, der Känzig macht Mätzchen! Kurz vor Feierabend noch den Fahrplan durcheinanderbringen nur wegen einer Pinkelpause? Komm, das kannst du dir doch verkneifen bis Wollishofen. Du bist ja schließlich Kälteschwimmer und hast deswegen sicher eine gestärkte Blase.«

»Das hat doch mit Kälteschwimmen nichts zu tun«, entgegnete Känzig und schnaufte hörbar aus. Er war es gewohnt, die verrücktesten Sticheleien einzustecken, sobald es um seine große außerberufliche Passion ging. Das Kälteschwimmen bestand darin, den ganzen Winter über in den Zürichsee oder sonst ein Gewässer zu gehen. Man blieb minutenlang im kalten Wasser, selbst wenn sich auf der Oberfläche Eis gebildet hatte, die Luft vor Kälte klirrte und es an Land schneite. Känzig war nicht eigentlich Kälteschwimmer, sondern Kältebader – er stieg ins Wasser und verharrte dort eine bestimmte Zeit lang reglos wie bei einer Meditation. Die Kälteschwimmer hingegen schwammen tatsächlich und brachten eine gewisse Strecke hinter sich. Wobei viele auch den Kopf untertauchten, was Känzig lieber unterließ.

Er hatte dermaßen Gefallen gefunden an den eisigen Bädern, dass er sie täglich praktizierte und sogar Mitglied der Swiss Cold Training Association geworden war, deren Anlässe er manchmal besuchte. Auch im Urlaub frönte er dem Kältebaden und suchte sich vor Ort Brunnen, Flüsse, Bergbäche und Gletscherseen als Kältequellen. Manchmal musste ein Rinnsal in einem Waldbächlein genügen, manchmal stieg er einfach in den Dorfbrunnen. Kamen ihm dann Passanten entgegen, die den Kopf schüttelten angesichts des fremden Mannes, der mitten im Winter halbnackt mit Badehose, Neoprensocken und krebsroter Haut durchs Dorf stakste, hob er freundlich die Hand zum Gruß. Selten sagten diese Leute etwas, meistens ließen sie nur ihre skeptischen Blicke sprechen. Suchte aber jemand das Gespräch, gab Känzig gern Auskunft. Etwa über seine Erfahrung, wie gut das Kaltwasser sein Immunsystem stärke und seinen Winterblues vertrieb.

Im Kollegenkreis aber wurde viel gefrotzelt: »In deinem Fall würde ich sofort eine Patientenverfügung aufsetzen, sonst gehen deine Organe nach deinem Herzinfarkt im kalten Wasser ungefragt an die Medizin«, war ein Kommentar noch von der netteren Sorte. »Die Lebensversicherung zahlt keinen Rappen bei offensichtlichem Selbstmord im Eiswasser«, hieß es auch. Und andere schilderten ihm, wie horribel Wasserleichen aussähen mit ihren aufgeblähten, käsbleichen Bäuchen, den bläulichen Zehen und dem aufgequollenen Gesicht. Sein Freund Sam setzte dem noch eines drauf, wenn er meinte: »Du wirst dir noch die Eier abfrieren, und dann hat deine Simone das Geschenk!« Dabei hatte er gerade nach einem Bad im eiskalten See besonders schönen Sex mit Simone. Das kam etwa vor, wenn Luisa in der Krippe war, Simone als Lehrerin ihren schulfreien Mittwochnachmittag genießen konnte und er wegen Kompensation auch nicht arbeiten musste. Aber das rieb Känzig seinem Freund nicht unter die Nase. Aus Respekt davor, dass Sam seit Ewigkeiten Junggeselle war und es bestimmt bleiben würde. Eine Frau, die klarkommen könnte mit dem kleingewachsenen, buckligen Nerd mit der dicken Brille, der grauen Stoppelfrisur, der unstillbaren Leidenschaft für Schienenverkehr und der großen Sammlung an T-Shirts mit Witzbotschaften wie: »Wer ständig säuft, führt auch ein geregeltes Leben!«; eine Frau, die das alles lustig fände, war schwierig zu finden. Känzig schätzte Sam sehr für sein enormes Wissen über den Schienenverkehr im Allgemeinen und die Zürcher Trams im Besonderen. Sollte er als Trampilot jemals irgendwo anstehen oder in Schieflage geraten, würde er immer auf Sam zählen können. Dessen war sich Känzig bewusst.

»Ich muss nicht pinkeln«, erwiderte er. »Aber ich habe beim Vorbeifahren einen Mann auf dem Gehsteig liegen sehen, steif wie ein Brett – und da will ich nachschauen, was los ist. Sag du einfach der Dispo und der Reinigung, der letzte Siebner komme heute etwas verspätet, von mir aus mit der Begründung ›Kollision im Gleisbereich‹ oder ›Demonstrationszug im Haltestellensektor‹. Oder erfinde irgendwas, du weißt ja Bescheid und hast Erfahrung. Dir wird schon was einfallen.«

Durch die Funkverbindung hindurch konnte Leo Känzig spüren, wie bei seinem Gegenüber allmählich das Gedankenkarussell in Gang kam. Eine Weile herrschte beredte Stille, unterbrochen nur von gelegentlichen Störgeräuschen in der Leitung. Dann war Sam Gröbli so weit und setzte zum Kreuzverhör an:

»Aber Leo, du wirst doch jetzt nicht Blut gerochen haben und wieder Detektiv spielen wollen, oder? Wenn da draußen einer liegt, dann ist das Sache der richtigen Polizei. Und sicher nicht das Bier eines Ex-Fahnders aus Uster, der das Schnüffeln nicht lassen kann. Willst du da raus und den Helden spielen? Vergiss es, wir sind nicht bei *Tatort*, der war um zwanzig Uhr und ist längst gelaufen. Informier einfach die Polizei, die sollen vorbeikommen, Punkt. Oder besser mache ich den Anruf an deiner Stelle grad selbst. Nenn mir doch deinen exakten Standort.«

Känzig hatte damit rechnen müssen, dass Sam ihm die Nachforschung ausreden würde. Allerdings war seine Neugierde inzwischen so weit angestachelt, dass es für ihn kein Zurück mehr gab. Ihm kam das Kinderbuch mit Pettersson und Findus in den Sinn, das er in diesen Tagen so oft mit Luisa anschaute. Seine Kleine liebte das Buch über alles. Und er liebte es, sie beim Vorlesen auf den Schoß zu nehmen und seine Nase sanft auf ihren so herzerweichend duftenden Hinterkopf zu legen. Er trug den Pettersson-Band immer mit sich, wenn er dienstags frei hatte und mit ihr auf den Wochenmarkt ging und sie sich anschließend in ein Café setzten. Es ging in der Geschichte um die ominöse Geburtstagstorte für den Kater Findus, die aus einem Turm an geschichteten

Pfannkuchen bestand. Alles war bereit, die Eier schön geputzt und die Milch portioniert – bloß fehlte das Mehl. Um Mehl zu kaufen, brauchte es ein Fahrrad – bloß war das Rad platt. Um es aufzupumpen, musste man in den Schuppen – bloß war der Schlüssel zum Schuppen verschwunden. Und so fort. Aber Pettersson ließ sich durch nichts mehr aufhalten, weil ihm der Gedanke an die Torte längst den Mund wässrig gemacht und die Vernunft vernebelt hatte.

So erging es auch Leo Känzig. Er wollte jetzt da raus. Punkt. Prompt kam ihm, wie oft in solchen Momenten, der entscheidende Einfall:

»Der Mann braucht bestimmt Nothilfe. Es wäre nicht nur falsch, sondern geradezu sträflich, der Sache nicht auf den Grund zu gehen. Ich könnte verklagt werden wegen unterlassener Hilfeleistung in einem Notfall. Komm, Sam, du schaukelst das mit den Leuten vom Depot. Und ich kümmere mich um meine zwei Passagiere. Dafür lade ich dich mal wieder zu einer schönen Bar-Tour mit Tischkicker ein.«

Nachdem Sam murrend eingewilligt hatte, schaltete Leo das Mikrophon für eine Durchsage an die Fahrgäste ein. »Wegen einer technischen Störung erhält unser Tram circa zehn Minuten Abfahrtsverspätung. Die Türen bleiben geöffnet, falls Sie aussteigen möchten.« Im Rückspiegel sah er, dass seine Botschaft beim Duo, das nach wie vor in Bananenhaltung in den Sitzen hing, zwar angekommen war – beide hatten den Kopf hochgereckt und zugehört. Anstalten, das Tram zu verlassen, machten sie aber keine. Sie sanken wieder zurück in ihre Sitzschalen und dösten weiter.

Leo Känzig erhob sich von seinem Fahrersitz und öffnete das Törchen der Kabine. Da stand er nun, eins fünfundneunzig groß und vom Hosensaum bis zum Hemdkragen in repräsentatives Uniformtuch gekleidet. Er streifte die Jacke über und schritt mit klackenden Absätzen durch den Fahrgastraum.

Plötzlich fühlte er sich wieder ein bisschen wie früher in Uster, wo er mit seiner imposanten Erscheinung meist für ehrfürchtiges Raunen gesorgt hatte, wann immer er an einem Tatort eingetroffen war. Ein Untergebener hatte dann für ihn beflissen das Absperrband hochgehalten, damit er unten durchschlüpfen und die Ermittlungen starten konnte. Und ja, irgendwie wäre er schon noch gern weiterhin bei der Kantonspolizei im Einsatz gewesen. Doch plötzlich hatte er erstmals das Gefühl, dass er sich vielleicht auch mit seiner neuen Rolle als Tramfahrer versöhnen konnte. Vielleicht würde er auch in dieser Funktion, in der er wie nur wenige andere buchstäblich die ganze Stadt erfahren konnte, nicht völlig auf eigene, spannende Ermittlungen verzichten müssen.

Als er an den beiden Passagieren vorbeischritt, die ihn kommen hörten und aufschreckten, schaute er sie lächelnd an und hob lässig wie ein amerikanischer Filmstar die Hand zum Gruß. Dann entstieg er dem Fahrzeug durch die hinterste Tür, um draußen nach dem Rechten zu sehen.

2

Gedankenversunken brachte Känzig die wenigen hundert Meter vom Bahnhofplatz zur vermuteten Stelle neben der Post Enge hinter sich. Der Himmel war von einem tiefen, dunklen Blau und hüllte alles in eine schwere, samtene Stille. So, als wäre man nicht in einer pulsierenden Stadt, sondern irgendwo auf dem sandigen Grund der Tiefsee. Die Bäume im Park der Kantonsschule hoben sich wie übergroße mutierte Korallen vom Horizont ab. Am Ende der steilen Böschung machten die rot-weißen Absperrlatten einer Großbaustelle die Bahngeleise fast unsichtbar. Hinter der Baustelle verloren sie sich gänzlich in einem Tunnel. Dessen Portalöffnung war stockdunkel und erinnerte Känzig ans *Höllentor* von Rodin beim Kunsthaus. Weiter vorn wirkten die Schienenstränge wie Blutgefäße, die niemand mehr brauchte, weil zu dieser Stunde keine Züge mehr verkehrten. Sie schimmerten blass im rötlichen Licht einer großen Lampe, die an Drähten befestigt über dem Graben hing. Es roch nach Rost, Fäkalien und Bremsabrieb.

Als Känzig über die Bederstrasse gehen wollte, hätte er fast das Taxi übersehen, das in diesem Moment herangebraust kam. Es hupte, weil es einem uniformierten Tramführer ohne Tram ausweichen musste, der mitten auf der Fahrbahn stand. Känzig hechtete zur Seite und winkte dem Taxi versöhnlich hinterher. Dann dachte er daran, dass noch zwei Fahrgäste im Tram saßen und er die Komposition später ins Depot fahren musste.

Mit dem Tram verband ihn eine Hassliebe. Zwar war das Gefährt nützlich und umweltfreundlich, aber auch teuer und langsam. Es hatte für ihn auch etwas Muffiges, Schweres an sich. Die ausdruckslosen Gesichter der Fahrgäste an einem regnerischen Montagmorgen, fast alle von einem Smartphone bestrahlt, konnten seine Laune wie auf Knopfdruck in die Tiefe ziehen, als hätte jemand einen starken Magneten ans Fahrgestell geheftet. Bereits das Rascheln beim schwungvollen Umblättern der *20 Minuten* wurde von manchen Fahrgästen als Lärmbelästigung empfunden und mit schiefen Blicken taxiert. Um in solchen Situationen gelassen zu bleiben, versuchte Känzig in jenen ruhigen Atemrhythmus zu kommen, in dem er sich beim Kältebad immer so gut konzentrieren konnte.

Er war an der Stelle angekommen, wo er zuvor den ausgestreckt liegenden Mann wahrgenommen zu haben glaubte. Der Ort war leer, zumindest fast: Vor ihm befand sich ein Stab aus hellem Holz, an dessen einem Ende ein Schlüssel und eine Plakette mit der Nummer 1 befestigt waren. Reflexartig hob Känzig den Schlüsselanhänger auf. Doch kaum hielt er ihn in der Hand, kroch ihm eine schlimme Ahnung den Rücken hoch: Er hatte ein mögliches Beweismittel berührt, was ihm als geschultem Polizisten nicht hätte passieren dürfen. Wo war er mit den Gedanken gewesen? Bei den schlaflosen Nächten wegen der kleinen Laura? Beim baldigen Feierabendbier zu Hause? Bei seinem Tram mit den wartenden Fahrgästen? Egal, er musste schleunigst handeln und die Polizei verständigen. Denn neben der Fundstelle des Schlüssels hatte er auf dem Asphalt Blutspuren entdeckt. Nun hielt er sich aber zurück, ließ sich auf die Knie nieder und schaute die Flecken ohne Berührung von Nahem an.

Dann drehte er eine Runde in der Umgebung, um zu sehen, ob der Mann vielleicht weggeschleppt worden war. Oder ob sich sonst etwas von Bedeutung finden ließe. Dabei behielt er den Schlüssel bei sich. Er spähte hinter Müllcontainer und Thuyahecken, in Kellerabgänge und Velounterstände. Nichts. Eine Katze kam auf ihn zu. Ihr Fell war aschgrau und verschmolz fast mit der Dunkelheit der Nacht. Erst als sie ihm um die Beine strich, bemerkte Känzig, dass sie eine Maus zwischen den Zähnen hielt, die noch leise fiepte. Die Katze legte Känzig ihre Beute zu Füßen, schaute ihn an, als wollte sie ein Lob für ihr Geschenk. Sie setzte sich ganz dicht neben ihn auf den feuchten Teer und berührte dabei seine Knöchel. Als sich Känzig nicht rührte, verschwand sie miauend hinter einem Busch.

Seufzend holte er sein Handy aus der Jacke. Nach wenigen Sekunden hatte er die Polizeiwache am Draht, die sogleich eine Streife aufbot.

Minuten später schwenkte ein weiß-oranger vw-Bus vom Tessinerplatz her in die Gutenbergstrasse ein, wo Känzig bereitstand und dem Fahrer mit überdeutlichem Winken anzeigte, sich ganz rechts Richtung Post zu halten und bloß nicht über die schönen Blutspuren links von ihm zu fahren. Als der Bulli abgestellt war, stiegen der Fahrer und eine Polizistin aus und schlenderten auf Känzig zu. Im Schummerlicht hätte man alle drei für Polizeibeamte halten können, denn auch Känzig trug ja seine Uniform. Wobei der markante Gürtel mit Pistole, Schlagstock, Handschellen und all den anderen dienstlichen Accessoires fehlte. Wodurch der Trämler doch ein wenig abgehalftert aussah. Was er ja auch war.

Als wollte er dies kompensieren, holte Känzig, noch bevor die Beamten ihn überhaupt nach seinem Namen gefragt hatten, zu einem Tatortrapport aus, der in seiner mustergültigen Präzision ins Handbuch für Polizeiaspiranten gehört hätte:

»Guten Abend. Wie gut, sind Sie so schnell gekommen. Känzig ist mein Name, Leo Känzig, geboren 22. August 1979, wohnhaft in 8055 Zürich. Ich bin Tramfahrer und war heute mit dem Siebner unterwegs, Stettbach-Wollishofen. Beim letzten Kurs, das bedeutet am Sonntag Ankunft Bahnhof Enge um 00:57 Uhr, sehe ich beim Vorbeifahren einen Mann regungslos auf dem Boden liegen, genau hier, wo wir stehen. Ich steige aus dem Tram, das jetzt dort beim Bahnhof wartet und nachher noch ins Depot muss. Ich komme hierher – und finde nichts mehr außer diesem Schlüssel und Blutspuren. Ich stelle den Schlüssel sicher und untersuche die Umgebung, durchkämme alles systematisch von oben bis unten. Aber der Mann bleibt verschollen. Passanten oder Augenzeugen scheint es keine zu geben, zumindest nach vorläufigen Erkenntnissen nicht. Und ja, dann habe ich die Polizei gerufen.«

Känzig hielt den Schlüssel noch in der Hand und streckte ihn den Beamten entgegen. Wie auf jeden Blitz ein Donner folgt, bestätigte sich seine Befürchtung, dass man ihn wegen Kontamination eines zentralen Beweismittels in die Mangel nehmen würde. Wachtmeister Beat

Schöni, dessen Statur an einen großen Retrokühlschrank mit abgerundeten Ecken erinnerte, wobei der markante Türgriff in einer ebensolchen Nase seine Entsprechung fand, ergriff zuerst das Wort. Lustig hob und senkte sich beim Sprechen seine Dienstmütze, die eine gute Nummer zu klein war. Sein Mund formte den flüssig austretenden Sätzen schöne Kreise, Konvexe und Konkaven. Sein Kopf lief rot an, seine Bassstimme brummte.

Gerade so, dachte Känzig, als stünde ein Tenor zum Üben der Artikulation daheim vor dem Schlafzimmerspiegel, während die Frau bereits im Bett liegt und noch ihre Fingernägel lackiert.

Aber Schöni flötete keine Floskeln aus einer italienischen Arie in den Septemberabend, sondern sprach Klartext. Er hob die Stimme an und kam ohne Umschweife auf den Schlüssel zu sprechen:

»Herr Känzig, Sie sind nicht ganz bei Trost! Wir haben es hier mit einem möglichen Tatort zu tun. Und alles, was Ihnen einfällt, ist, das wichtigste Beweisstück mit Ihren Fingerabdrücken zu besudeln. Falls hier wirklich ein Mann lag, von dem angeblich auch diese Blutspuren stammen, dann könnte uns der Schlüsselanhänger mit hoher Wahrscheinlichkeit Hinweise auf involvierte Personen liefern. Aber jetzt ist dieses Beweisstück für uns noch etwa so viel wert wie eine cs-Aktie für einen Kleinanleger. Gibt es denn Zeugen, die bestätigen können, was Sie gesehen haben wollen?«

»Nein, ich fürchte nicht«, antwortete Känzig, der Schönis Standpauke erst verdauen musste. Als er die Situation vor seinem inneren Auge durchging, wurde ihm bewusst, dass niemand außer ihm in dieser Zeit den Mann am Boden wahrgenommen haben dürfte. Die Straßen waren menschenleer gewesen, sein Siebner-Tram ebenfalls – bis auf die zwei Schluckspechte, die bestimmt auch nichts mitbekommen hatten und in ihren Sitzen weiterdösten.

»Ich entschuldige mich für den Fauxpas mit dem Schlüssel, Herr Schöni. Das war unüberlegt und ist einfach aus einem Reflex heraus passiert. Ich war neugierig. Früher bin ich selbst in der Polizeiarbeit tätig gewesen und hätte in so einem Fall sofort einen Schutzhandschuh übergestreift. So einen habe ich aber natürlich nicht mehr dabei. Da hat die Neugier die Überhand gewonnen. Und nein, es gab keine direkten Zeugen. Aber im Tram sind zwei Personen mitgefahren, die auf die Weiterfahrt warten und noch befragt werden könnten. Soll ich sie holen?«

Jetzt war es Korporal Rita Schönbächler, die zu einer Antwort ansetzte. Sie war kleinwüchsig, mollig, rotbackig. Über einem verwaschenen hellblauen Polizeipoloshirt trug sie eine abgenutzte dunkelblaue Faserpelzweste, die überall Fusseln gebildet hatte, wie Känzig im Lichtkegel des Scheinwerfers des Polizeibusses erkannte. Er dachte an seine Fusselrolle, die er zu Hause im Küchenschrank aufbewahrte und mit der er ab und zu seine Sofakissen oder seine Wollsachen von den lästigen Materialknöllchen befreite. Der Einsatz einer solchen Rolle würde Schönbächlers Weste guttun, dachte er.

Als hätte sie seine Gedanken gelesen, blickte Korporal Schönbächler einmal an ihrem Körper hinab. Dann stellte sie ihren Kopf wieder gerade wie das Zielfernrohr auf ihrer Dienstwaffe, stierte Känzig direkt in die Augen und ließ eine Ansprache folgen, die peitschend scharf wie ein Pistolenschuss war. Und völlig frei von jeder Verfusselung.

»Herr Känzig, die Kontaktaufnahme mit den beiden Fahrgästen lassen Sie schön bleiben! Sie sind doch schon einmal so richtig ins Fettnäpfchen getreten, das muss nicht noch mal sein. Sie würden also auf eigene Faust zurück zum Tram gehen und die möglichen Zeugen mit suggestiven Fragen oder sonstigen Flapsigkeiten beeinflussen? Das würde deren Aussagen ebenso unbrauchbar machen wie den Schlüssel mit Ihren Fingerabdrücken. Nein, Sie bleiben hier und unterschreiben bei meinem Kollegen das Protokoll. Ich hole währenddessen die Aussagen der beiden Fahrgäste ein.«

Nachdem Känzig ihr versichert hatte, dass er alle Türen des Trams offen gelassen habe, was die Beamtin mit einem ungläubigen Kopfschütteln quittierte, machte sie sich auf den Weg. Wachtmeister Schöni hatte derweil Proben der Blutspuren gesichert. Als er die Ampullen im Wagen verstaut hatte, zog er die mobile Schreibfläche des Dienstbusses aus dem Schubladenkorpus und forderte Känzig auf, seine Fingerabdrücke zu hinterlassen. Dann gab er ihm das Protokoll zum Durchlesen und Signieren. Zum ersten Mal seit seinem unfreiwilligen Weggang von der Kriminalpolizei hatte er wieder Fingerabdrücke und ein Protokoll vor sich. Dieses Mal aber nicht als Ermittler, sondern als Zeuge. Und gar als möglicher Verdächtiger, wie er mit einer gewissen Sorge im Dokument las. Weil seine Fingerabdrücke überall auf dem Schlüsselanhänger zu finden waren, kam er theoretisch für jede kriminelle Handlung infrage, die mit dem Anhänger in Verbindung stand.

Känzig schluckte leer, als er im Schriftstück sah, er müsse sich in den kommenden Tagen für Befragungen zur Verfügung halten und auf Fernreisen bis auf Weiteres verzichten. Die erste Einvernahme finde gleich am folgenden Tag frühmorgens um acht Uhr auf der Urania-Wache statt.

Einvernahme auf der Wache – mit einem Schlag tauchte er zurück in seine Vergangenheit als Chefermittler der Kriminalpolizei in Uster. In der Erinnerung sah er sein Büro in der Wache vor sich. Sein schlichtes Pult. Das Magnetboard mit den vielen Fotos, Notizzetteln, Kartenausschnitten und Tathinweisen. Das sträflich vernachlässigte Ficusbäumchen in der Ecke, das zuverlässig von einer Wochenreinigung zur nächsten einen Kranz verwelkter Blättchen zu Boden streute. Diese lagen manchmal so schön arrangiert um den Topf, dass man glauben konnte, ein Landartkünstler wäre am Werk gewesen.

Känzig roch plötzlich den Automatenkaffee wieder, der mit einem leisen Zischen bis spätnachts in die Plastikbecher tröpfelte, um die Befrager wach zu halten und die Befragten gesprächig zu machen. Er hörte das sanfte Klimpern der Lamellenstoren beim Öffnen der Fenster, was immer ein untrügliches Zeichen dafür gewesen war, dass eine Befragung ihren Abschluss gefunden hatte. Dass endlich ein Geständnis herausgepresst worden war. Und das Verhörzimmer dringend mit Frischluft versorgt werden musste.

Wie hatte er seinen Beruf geliebt. Bis er am weitherum beachteten »Krankenpfleger-Fall« gescheitert war. Ganz nah dran war er gewesen. Um ein Haar hätte er den

»Todesengel von Uster« erwischt. Er hatte gespürt, dass es dieser bestimmte Pfleger gewesen sein musste, der die Medikamente der schwerkranken Heiminsassen so manipuliert hatte, dass sie dahinstarben wie die Fliegen. Im Stationszimmer, wo die Arzneimittel aufbewahrt und portioniert wurden, hatte er heimlich eine Kamera und Abhörwanzen installiert, was aufgeflogen war und seine sofortige Suspendierung mit sich gebracht hatte. Brannte nun hier in Zürich, wo er nach seinem Karriereknick vor fünf Jahren gelandet war, schon wieder etwas an?

Er überflog das Protokoll erneut und nahm den ihm durchaus bekannten Hinweis zur Kenntnis, jede einvernommene Person könne die Aussage auch verweigern. Nein, verweigern wollte er nicht, im Gegenteil: Er wollte beweisen, dass er unschuldig war. Deutlich spürte er, wie sein Ehrgeiz, knifflige Fälle aufzudecken, mit einem Mal wieder angestachelt wurde. Zwar bevölkerten seine Fingerabdrücke den mysteriösen Schlüsselanhänger wie Stallfliegen den gelben Leimstreifen in Großmutters Bauernhofküche. Aber er würde herausfinden, zu wem dieser Anhänger gehörte. Zu welchem Schloss der Schlüssel mit der Nummer 1 passte. Und wohin der Mann entschwunden war, den er aus seinem Siebner heraus am Boden hatte liegen sehen.

Das Taxi, das ihn zuvor fast überfahren hätte, kam im Schritttempo aus der anderen Richtung wieder auf Känzig und Schöni zu. In seinen Polstern saß noch immer kein Fahrgast. Der Fahrer hatte das Fenster auf der Beifahrerseite heruntergelassen und starrte ungeniert zu ihnen herüber. Als sie sich auf derselben Höhe befanden, stoppte er den Wagen und rief ihnen durchs geöffnete

Fenster laut »FCZ!, FCZ!« zu. Dazu reckte er die rechte, zur Faust geballte Hand empor und lachte. Dann fuhr er ruckartig an und entschwand gen Paradeplatz.

Im selben Moment kehrte Korporal Schönbächler von ihrer Mission zurück. Ihr Befund tönte für Känzig so prägnant, als hätte jemand mit einem vehementen Ratsch ein verbrauchtes Klebeblatt von einer Fusselrolle gerissen: »Die Sichtung des liegenden männlichen Individuums wurde von unabhängiger Seite bestätigt«, sagte Schönbächler in ihrem Amtsdeutsch. »Einer der Fahrgäste, eine Frau namens Henriette Kobler, wohnhaft in 8038 Zürich, hat bestätigt, kurz vor ein Uhr beim zufälligen Blick aus dem Fenster auf dem Gehsteig vor der Post Enge den genannten Mann wahrgenommen zu haben. Sie hat ausgesagt, der Körper habe auf dem Asphalt gelegen und sich nicht gerührt. Diese Aussage hat Frau Kobler fürs Protokoll mit ihrer Unterschrift bestätigt.« Abschließend fügte Schönbächler noch an: »Der Alkoholtest, den ich im Tram bei ihr durchgeführt habe, ergab mit 0,45 Promille einen Wert leicht unterhalb der für die Verkehrstauglichkeit relevanten Grenze.«

Schönbächler und Schöni bestiegen den Dienstwagen und fuhren davon. Känzig eilte zurück zu seinem Tram und betrat es erneut durch die hinterste Tür, um sich bei den beiden Wartenden für deren Geduld zu bedanken. In der Zwischenzeit waren noch mehr Reisende dem Tram mit den offenen Türen zugestiegen. Ganz hinten saßen zwei junge Frauen, die in ihre Handys vertieft waren. Ein paar Reihen weiter vorn war eine Familie mit Vater, Mutter und zwei sich stark ähnelnden, rothaarigen Töchtern hinzugekommen. Alle vier trugen verschnörkelte Brillen, die sie aus dem Fielmann-Sortiment von 1990 gerettet haben mussten, befand Känzig beim Vorbeilaufen. Aber eigentlich hatte er aufgehört, sich über Fahrgäste zu wundern oder zu ärgern. Auch über den Verkehr in Zürichs Straßen regte er sich nicht mehr auf. Das brachte nichts, außer einem Magengeschwür. Davor hatte ihn ein erfahrener Trämler schon in seinen ersten Diensttagen gewarnt. Damals hatte er sich noch nicht so gut abgrenzen können und war vorübergehend tatsächlich an Magenturbulenzen und Schlafstörungen erkrankt.

Er öffnete mit dem Inbusschlüssel die Kabinentür und setzte sich wieder auf den Fahrersitz. Die Jacke behielt er an, es blieben ihm ja nur noch acht Stationen bis zum Depot. Er ging sie im Geiste durch: Museum Rietberg, Brunaustrasse, Billoweg, Bahnhof Wollishofen/Staubstrasse, Renggerstrasse, Morgental, Butzenstrasse, Wollishoferplatz. Die meisten Haltestellen der Linien, auf denen er häufig verkehrte, kannte er auswendig. Jene des Siebners sowieso, denn Wollishofen war sein Stammdepot. Kam er dort an, musste er oft schmunzeln angesichts der vielen Autos, die ums Depot standen. Fast alle seiner Kolleginnen und Kollegen fuhren mit dem eigenen Wagen zur Arbeit und abends wieder heim. Das machte vielleicht dort Sinn, wo jemand Frühschicht hatte und nicht mit dem Tram anreisen konnte, weil um diese Uhrzeit noch gar kein Tram fuhr. Aber auch mit dem Fahrrad konnte man frühmorgens pünktlich zum Schichtbeginn eintreffen, wie Känzig mit seinem eigenen Beispiel aufzeigte. Viele verzichteten nicht aufs Auto, selbst wenn sie den Arbeitsweg locker mit Tram oder Bus bewältigen konnten.

»Ein richtiger Trämler fährt wohl einfach nicht Tram«, folgerte Känzig stets amüsiert. Dabei wurde sein Depot in Wollishofen seit über einem Vierteljahrhundert nur noch als »Schlafdepot« betrieben. Darin fand längst kein Fahrzeugunterhalt mehr statt, also mussten auch keine Servicefachleute lange Nachtschichten schieben. Die Reparaturen erfolgten in den Zentralwerkstätten in Altstetten. Doch trotz dieses Service-Abbaus in Wollishofen waren die Anzahl der Parkplätze und die Nachfrage danach kein bisschen kleiner geworden.

Känzig schaltete sein Tram in den Modus »Fahrbereit« und konzentrierte sich auf die Trams, die vor und neben ihm standen. Er sah den Fünfer nach Fluntern, und den Sechser zum Zoo. Je nachdem, wie sich die Situation präsentierte, wartete er als guter Trampilot zu, bis er den Knopf drückte, der die automatische Signalisation in Gang setzte und ihn zur Weiterfahrt ermächtigte. Am Bahnhof Enge mit nur drei sich kreuzenden Linien war das nicht so schwierig. Und der Dreizehner hatte seine Haltestelle auf der anderen Bahnhofseite und befuhr erst ab Bederstrasse dasselbe Gleis. Aber an Knotenpunkten wie dem Paradeplatz, dem Hauptbahnhof, dem Bucheggplatz oder dem Bellevue war von jedem Trämler Weitsicht gefordert. Es nützte nichts, so hatten es ihm die Fahrlehrer eingetrichtert, immer sofort freie Fahrt zu verlangen. Stünden vor dem eigenen Fahrzeug zwei Kompositionen einer anderen Linie und warteten auch aufs Go-Signal, sei es viel besser, das vordere der beiden wartenden Trams ziehen zu lassen. Es konnte nämlich sein, dass zwei Trams in Reihe die Maximallänge der Haltestelle weit überragten. Dann war das Durchkommen aller Verkehrsteilnehmer erschwert. Und auch mit seinem eigenen Tram hätte man dann zwar zufahren, aber nicht links abbiegen können, was die Situation vor Ort zusätzlich blockiert hätte.

Doch um diese Uhrzeit stauten sich nirgendwo in der Stadt die Trams. Weit nach Mitternacht waren nur mehr die letzten Wagen unterwegs, die sogenannten Lumpensammler. Diese letzten Fahrten zurück in die Depots, wo die Trams für die Nacht parkiert wurden, verliefen in der Regel zügig und flüssig.

3

Känzig drückte auf den Signalknopf und verlangte Wegfahrt. Sogleich gingen an der VBZ-Ampel, die am rechten Straßenrand an einem Kandelaber hing, zwei waagrechte Lichtpunkte an. Känzig beschleunigte. Sein Tram 2000 nahm mühelos die kleine Steigung die Seestrasse hinauf. Einen Tick bockiger verhielt sich dieses ältere Modell bei schlechtem Wetter und starkem Gefälle. Musste er im Herbst beispielsweise die Linie 6 vom Zoo herunter pilotieren und lag nasses Laub auf den Schienen, fühlte sich das Betätigen der Bremsen etwa so an, als würde er zu Hause auf den Knien kauernd mit einem Stück Schmierseife den feuchten Küchenboden putzen. Wie hatte er gestaunt, als ihm der Fahrlehrer gesagt hatte, was die wenigsten Zürcherinnen und Zürcher wussten: Jedes Tram, selbst das ultramoderne Flexity, verfügte oberhalb des ersten Radkastens hinter der Fahrerkabine über einen Behälter, der mit Sand gefüllt war. Bemerkte der Trampilot beim Bremsen, dass die Räder nicht griffen, konnte er per Knopfdruck Sand auf die Gleise rieseln lassen. So erhielten die Schienen mehr Gripp, und die Bremsleistung nahm wieder zu. Das funktionierte auch bei leerdrehenden Rädern, die hangaufwärts anfahren wollten.

Museum Rietberg. Auf den ersten Blick eine unauffällige Haltestelle, aber sie war nicht ohne, wie Känzig wusste. Das Licht der Straßenlampen war eher schwach, die stattlichen Häuser am Straßenrand waren auch nicht erhellt. Hier wohnten keine Familien wie die Känzigs, hier waren die Büros der Anwälte, Ärztinnen und Finanzberater einquartiert. Die Haltestelle hatte unten bei der Schulhausstrasse Richtung Bahnhof Enge einen Fußgängerübergang, und oben bei der Traubenstrasse einen weiteren. Eilige Fahrgäste konnten jederzeit an der Front und am Heck seines Trams vorbeirennen, um im letzten Augenblick vor der Abfahrt noch den Fuß aufs Trittbrett zu stellen. Der Inselbereich zur Linken der Haltestelle war mit üppigem Gebüsch und mit Bäumen bepflanzt, was bei Tag angenehmen Schatten spendete, es aber bei Nacht schwierig machte, die Radfahrer zu erkennen, die dort übers Trottoir fuhren und direkt vor dem Tram in die Seestrasse mündeten. Känzig wusste das und schaute lieber dreimal durchs Seitenfenster als einmal zu wenig.

Dann kippte er den Hebel für die Hydraulik und öffnete die Türen. Die beiden jungen Frauen, die mit ihren Handys im Fonds gesessen hatten, stiegen aus. Ein Mann mit einem Kind auf dem Arm stieg ein, ihm folgte eine Frau, die einen dreirädrigen, lilafarbenen Roller in der Hand hielt. Das Kind war müde und quengelte. Den Eltern, denen der fehlende Schlaf ins Gesicht geschrieben stand, schien es nicht recht zu sein, das Kind zu so später Stunde noch nicht im Bett zu wissen.

Känzig kippte den Hebel zurück, die Türen gingen zu. Als er losfuhr, schoss tatsächlich noch ein Radfahrer aus dem bewaldeten Radweg hervor. Zum Glück habe ich ihn rechtzeitig entdeckt und noch nicht zu rasant beschleunigt, dachte Känzig. Nach wenigen Metern wurde die Fahrbahn wieder breit genug für das Nebeneinander von Velo und Tram.

»Ja, die Velofahrer.« Er seufzte und schüttelte leicht den Kopf.

Die Straßenlampen, die über den Fahrdrähten an ihren Kabeln baumelten, schwankten mit dem Wind hin und her. Viele Gebäude am Straßenrand waren dunkel. Nur in einer Änderungsschneiderei brannte noch Licht. Eine Frau mit Kopftuch stand an einem Bügelbrett und arbeitete.

Ich bin auf meinem Fahrrad auch nicht immer so friedlich unterwegs wie ein Buddha, der zum Tempel fährt, dachte Känzig. Aber er wusste, wo er etwas wagen durfte und wo nicht. Definitiv null Spielraum gab es beim Tram. Das hatte immer Vortritt, Punkt. Flexibler war es beim Bus, da entschied er jeweils situativ. Wobei er schon mehrfach brenzlige Situationen mit Bussen erlebt hatte. Gab es Fußgängerstreifen mit Mittelinseln, fuhren die Busse oft so knapp an den Fahrradfahrern vorbei, dass es eng wurde.

An der Haltestelle Brunaustrasse stieg die Familie mit den auffälligen Brillen wieder aus. Die Wortfetzen, die bis in Känzigs Kabine drangen, ließen darauf schließen, dass sie eine Theatervorstellung besucht hatten. Hätte es ihnen nicht gutgetan, die paar Schritte vom Bahnhof Enge zur Brunaustrasse zu laufen?, dachte er bei sich. Natürlich war jeder frei zu entscheiden, ob er oder sie das Tram nahm oder nicht. Und doch empfahl uns die Medizin mit Nachdruck, jeden Tag mindestens 10 000 Schritte zu gehen. Das wären rund sieben Kilometer, für die man knapp zwei Stunden bräuchte. Das ließ sich nicht jeden Tag machen, klar. Aber kam man aus dem Theater und hatte dort drei Stunden sitzend verbracht, war es doch ein Segen, nicht gleich ins nächste Tram zu steigen und gemütlich sitzend bis vor die Haustür chauffiert zu werden.

Känzig brachte sich wieder zur Raison. »Ich darf nicht für andere denken«. Er schaute in den Rückspiegel. Es stieg niemand zu, also schloss er die Türen.

Billoweg. Hier stieg das Paar mit dem müden Kind aus. Es quengelte noch immer, nun aber etwas leiser als zuvor. Auch hier stieg niemand stieg zu. Känzig fuhr zügig zur nächsten Station: Bahnhof Wollishofen/Staubstrasse. Wieder wollte niemand einsteigen, die Fahrt ging weiter.

Bevor er zur Kreuzung Richtung Morgental gelangte, wurde der Autoverkehr dichter. Vor sich sah Känzig einen älteren vw Passat im Schritttempo die Seestrasse entlangfahren. Kennzeichen: AG. Eine auswärtige Person, die den Weg nicht kannte, war immer für eine Überraschung gut, wusste der Trampilot. Die Passagiere im Auto suchten vermutlich die Route zu einem bestimmten Ort und hatten womöglich das Smartphone mit dem Navy auf dem Schoß. Grad wie bei diesem Passat, dachte Känzig. Er ließ es nicht darauf ankommen und bremste ab. Da entschied sich der Fahrer des Passat, einen U-Turn über die Gleise hinweg zu machen und zurück in die City zu fahren.

Die nächste Haltestelle war Renggerstrasse. Hier kam ihm ein linienfremdes Vierer-Tram entgegen, das bestimmt aufgrund einer Störung umgeleitet worden war. Känzig grüßte dessen Fahrerin mit einem Winken.

Außerdem wartete ein 70er-Bus nach Mittelleimbach auf die Weiterfahrt.

Ob es dort draußen auch ein Vorder- und ein Hinterleimbach gibt?, fragte sich Känzig und gähnte. Seit er Tram fuhr, war er in Zürich mit Quartieren vertraut geworden, die die meisten nur vom Hörensagen kannten. Wer kannte schon die Geißweid, die westliche Endstation des Zweiers? Oder das Werdhölzli, den nordwestlichen Abschluss der Linie des Siebzehners? Auch Luegisland, Luchswiesen und Hirzenbach war für viele Zürcherinnen und Zürcher Terra incognita. Nicht für ihn.

In der Renggerstrasse stieg niemand zu. Die beiden Passagiere, die er bei seinen Erkundigungen am Bahnhof Enge hatte warten lassen, hingen nach wie vor in den Sitzen und dösten. Bevor er wieder anfahren konnte, musste Känzig einen Jogger passieren lassen, der um diese Uhrzeit noch Bewegung brauchte. »Ob der im selben Theater gewesen ist wie die Brillenfamilie von vorhin?«, dachte er amüsiert. Er fuhr an und achtete auf einen Autofahrer rechts von ihm, der in leichten Schlangenlinien die Albisstrasse hochfuhr, was auf Alkoholkonsum schließen ließ.

Dann kam die Haltestelle Morgental, die er besonders mochte. Nicht, weil sie schmuck gewesen wäre oder einen Selecta-Automaten hätte aufweisen können. Nein, eigentlich war sie karg und unscheinbar. Aber direkt dahinter befand sich ein Ladengeschäft, das er liebte und regelmäßig aufsuchte: der Fundsachenverkauf. In diesem Shop mit karitativem Hintergrund landeten all jene Dinge, die in den öffentlichen Verkehrsmitteln liegen blieben und nach Ablauf einer bestimmten Frist nicht zurückverlangt wurden. Es war unvorstellbar, was die Leute so alles im Tram, im Bus oder im Zug liegen ließen. Der Schirm, die Mütze, das Halstuch waren noch die harmlosesten Klassiker. Aber es landeten auch Schuhe, Hosen, Hemden, Jacken und sogar Unterwäsche im Fundsachenverkauf. Es gab die Rubrik »Elektronik« mit Smartphones, Tablets, Laptops, Kopfhörern, Werkzeug und Haushaltsgeräten. Warum nahm jemand zum Beispiel einen Akkuschrauber oder ein Rührgerät mit in den öv und vergaß diesen Gegenstand dort? Noch skurriler war das Ressort »Dies und Das«. Hier gab es Antikes, Bücher, Spiele, Alkohol, Kosmetika, Tabak und sogar Sextoys vom Vibrator bis zur Reizwäsche. Sah sich Känzig beim Stöbern durch die Regale diese Findlinge an, versuchte er, sich die Geschichten dahinter auszumalen. Stieg er dann wieder in sein Tram, hatte er das Gefühl, er sei nun für alles allzu Menschliche gewappnet.

Mit einem sonderbaren Gefühl passierte er die nächste Haltestelle, Butzenstrasse. Hier befand sich eine Tankstelle des gemeinnützigen Ferienanbieters Reka. Wie kann man soziales Engagement für Umwelt und Gesellschaft mit dem Verkauf von Benzin verknüpfen, fragte er sich. Da könnte ja Max Havelar genauso gut faire Hamburger aus Argentinien feilbieten.

Känzig war ein tendenziell nachdenklicher Mensch. So vieles, was er wahrnahm, konnte ihn auf die Palme bringen. Was weder ihm noch der Palme guttat. Deshalb gab er sich größte Mühe, gelassener durchs Leben zu gehen. Also ließ er das Grübeln bleiben, als an der Station Butzenstrasse ein Mann und eine Frau zustiegen, die offensichtlich angetrunken waren und sich sehr laut auf

Englisch unterhielten. Aber das war nicht sein Bier, und das wusste er. Er mischte sich nicht mehr in Sachen ein, die ihn nichts angingen, sondern blieb sachlich, distanziert. Zumindest versuchte er es.

Jetzt fuhr er die Endstation an, den Wollishoferplatz. Seine Schicht war zu Ende, das Tram hatte sich geleert. Der Tram Point Snack im Wartebereich der Haltestelle hatte noch geöffnet. Der Imbiss bot Schnellkost an, die auf der ganzen Welt präsent war und viel Kalorien für wenig Geld versprach: Sandwich, Panini, Pizza, Kebab, Börek, Falafel. Die meisten Stehtische waren leer, nur hinter einem kauerte ein Mann mit Bart und schwarzer Lederjacke. Er aß einen Kebab und schaute auf seinem Handy Fußball. Känzig fragte ihn im Vorbeigehen: »Ist das die Schweiz, die spielt?« – »Nein«, antwortete der Mann und lachte. »Das sind die Grashoppers, aber eine Wiederholung. Das Spiel von gestern, 1:0 gegen Lausanne.«

Känzig schlenderte langsam in Richtung Depot und schloss die Knöpfe seiner Jacke. Es hatte merklich abgekühlt, was zur Jahreszeit passte; kaum waren in Zürich die Sommerferien vorbei, wurden die Nächte auf einen Schlag herbstlich kühl. Wer abends das Theaterspektakel unter freiem Himmel besuchte, nahm auf jeden Fall eine warme Jacke mit. Wer im See schwimmen ging, begnügte sich mit einer kleinen Runde und schätzte die warme Dusche danach umso mehr.

Anders bei Leo Känzig. Je kälter der See wurde, desto lieber wurde er ihm. Alles, was über vierzehn Grad war, brachte ihm keinerlei Erfrischung mehr. Mit Genuss erinnerte er sich an einen Apéro seiner Cold Swimmers mitten im Sommer, als Vereinsmitglieder in der Bar der Uto-Badi nicht nur Bier, Wein und Säfte ausgeschenkt, sondern auch einen Pool aufgestellt hatten, der mit Eiswürfeln gefüllt worden war. Jeder und jede durfte sich so lange in den Eispool legen, wie er oder sie mochte. Bei diesem Anlass hatte er auch Charlotte Rapold kennengelernt, die attraktive, alleinerziehende Barchefin, die ihm damals gehörig Schmetterlinge in den Bauch gezaubert hatte. Sie war groß, schlank, im selben Alter wie er. Sie hatte langes, kastanienbraunes Haar, trug ein buntes Blumenkleid und tapste barfuß über die Holzbretter der Badi. Auch ihre anmutige, besonders aufrechte Haltung war ihm aufgefallen.

Charlotte hatte für diesen Tag viel Reserveeis bestellt und füllte schmunzelnd immer wieder neue Würfel nach, sobald das Wasser im Pool zu warm zu werden drohte. Als Leo Känzig an die Reihe kam, sich in den Pool zu legen, hatte sich Charlotte direkt neben ihn hingekniet, um mit der Hand die Temperatur zu fühlen. Dabei kamen sich die beiden so nahe, dass sie sich wie zufällig mit der Nasenspitze berührten. Und spontan küssten. Kaum waren die Berührung und der Kuss vorbei gewesen, hatten sich beide mit verdutzten Augen angesehen und über das einvernehmlich verspürte Gefühl gelächelt, dass es hier irgendwie gefunkt hatte. Ob daraus etwas entstehen könnte? Ein Flirt? Ein Abenteuer? Eine Romanze? Sie hatten es nicht gewusst und waren auseinander gegangen, nicht ohne sich noch einmal ein Lächeln zu schenken.

In den Tagen nach dieser Begegnung mit Charlotte hatte Leo Känzig alles darangesetzt, ihre Handynummer aufzutreiben und sie wiederzutreffen. Von einem

befreundeten Kälteschwimmer, der fast täglich im Seebad verkehrte und alle Mitarbeitenden kannte, erhielt
er die Nummer. Sollte er Charlotte anrufen? Oder ihr
eine Nachricht schreiben? Oder sie bald wieder einmal
»zufällig« in der Badi treffen? Allerdings hatte er keine
Zeit gehabt, jeden Tag ins Freibad zu fahren und auf
ein Treffen mit ihr zu hoffen. Auch wäre es seiner Frau
Simone bestimmt aufgefallen, hätte er jede freie Minute
plötzlich am See verbringen wollen. Überhaupt hatte sie
sich bereits gewundert, warum er seit Kurzem zweimal
im Monat zu seiner Friseurin ging. Und nicht wie bisher zweimal im Jahr. Ob er ein Verhältnis habe, stellte
sie ihn unverblümt zur Rede. Er hatte leer geschluckt
und halblaut gestammelt, er gehe halt bald auf die fünfzig zu und wolle etwas tun für seine Erscheinung. Und
außerdem wolle er auch für sie schön sein, seine Simone.
Offenbar tönte das wenig glaubwürdig, denn sie sagte
ihm klipp und klar, er solle es sich gut überlegen, ob eine
Affäre es wert sei, ihre Ehe zu ruinieren. Und aus der gemeinsamen Wohnung zu fliegen. Und ein Downgrading
vom Strahlpapi zum Zahlpapi auf sich zu nehmen. Eine
Nebenbuhlerin würde sie niemals akzeptieren, hatte
Simone resolut verkündet. Und auch für polyamouröse
Experimente aller Art sei sie nicht zu haben.

Leo Känzig hatte die Einwände seiner Frau zähne-
knirschend zur Kenntnis genommen. Eine Affäre würde
bei Simone früher oder später auffliegen und zum Zer-
würfnis führen, das wusste er. Es war ihm klar, dass er
seine Ehe nicht mit amüsanten, flüchtigen Frivolitäten
aufs Spiel setzen wollte. Dieser Gedanke schien ihm
grundrichtig zu sein, vor allem in theoretischer Hin-

sicht. Aber in der Praxis, da haperte es. Nach dem Kuss im Eiswürfelbad konnte er sich kaum vorstellen, wie er die Finger von Charlotte lassen sollte. Längst hatte er sich ihr gegenüber das bekannte Pettersson-Syndrom eingefangen: Intensiv hatte er von dieser verlockenden Pfannkuchentorte geträumt und wollte jetzt auch von ihr naschen.

Um nichts zu riskieren, hatte er es tunlichst unterlassen, sie anzurufen oder ihr eine verfängliche Nachricht zu senden. Stattdessen schrieb er ihr in aller Kürze: »Liebe Charlotte, das Treffen mit dir war schön, danke. Ich würde Dich gern einmal nach dem Kältebad zu einem Eiskaffee einladen. Liebe Grüße, Leo«.

Charlotte hatte rasch geantwortet und die Einladung angenommen. So kam es, dass sich die beiden bald regelmäßig im Seebad oder sonst wo trafen, ohne dass Eros seine Pfeile auf sie abgeschossen hätte. Aus dem flüchtigen Kuss im Eisbad war aber eine Romanze geworden, bei der jedes Treffen mit einem Knistern begann und ebenso angeregt endete.

4

Am nächsten Morgen fand sich Leo Känzig vor acht Uhr in der Polizeiwache Urania ein, wo er einvernommen werden sollte. Er fühlte sich zermürbt. Letzte Nacht hatte er schlecht geschlafen. Erst nach zwei Uhr war er zu Hause eingetroffen. Im Depot Wollishofen hatte er sein Siebner-Tram mit mehr als einer halben Stunde Verspätung aufs Stumpengleis gefahren und war vom Reinigungsteam mit vorwurfsvollen Blicken eingedeckt worden. Stumm wie dösende Hühner, die in einer übergroßen Legehalle eingesperrt waren, warteten die Türken und die Portugiesinnen auf die Reinigung seines Trams. Grußlos gingen sie nach getaner Arbeit in die Umkleide und entschwanden in die kühle Nacht. Plötzlich war Känzig der Letzte im ganzen Gebäude gewesen. Er hatte nicht sofort den Heimweg antreten, sondern noch über den Vorfall mit dem Mann nachdenken wollen. Als wären es Pottwale, die aus rätselhaften Gründen an der neuseeländischen Küste gestrandet waren, standen die mächtigen Tramkompositionen reglos unter dem hohen Scheddach. Eine fast vollkommene Stille hatte geherrscht, unterbrochen nur vom vereinzelten trockenen Knacken in einer sich abkühlenden Fahrleitung oder vom schmatzenden Ächzen aus einer noch warmen Hydraulik.

Am kleinen Waschbecken neben der Tür zu den

Personalräumen hatte sich Känzig gründlich die Hände mit Seife gewaschen. Die nackte Glühbirne oberhalb des Spiegels hatte scharfe Kontraste auf sein Gesicht geworfen. Seine Augenringe und Krähenfüße kamen ihm ausgeprägter vor als sonst. War er gealtert? War er übermüdet? Plötzlich spürte er den glatten, schmierigen Holzstock des mysteriösen Schlüsselanhängers vom Bahnhof Enge wieder in seiner Handfläche. Er griff erneut in den Behälter mit der bräunlich grünen Kernseifenpaste und nahm reichlich davon. Angenehm kratzte die Seife auf seiner Haut, was ihn belebte.

Neben dem Waschbecken hatte Känzig eine einzelne Gehkrücke bemerkt, die an die Wand gelehnt war. Wie kann man eine Krücke vergessen, wunderte er sich. Und dann nur eine einzige, meistens hatte man doch ein Paar. Wer sie dort stehen lassen hatte, war vermutlich schlagartig geheilt worden und hatte sie nicht mehr nötig gehabt? Eine wundersame Heilung wie im katholischen Pilgerort Lourdes? Er trocknete seine Hände mit dem Handtuch ab, das beim Waschbecken am Nagel hing. Es war feucht von den vielen anderen Händen, die es im Verlauf des langen Arbeitstages bereits getrocknet hatte. Die Leute von der Morgenreinigung werden es bald durch ein frisches ersetzen, hatte er gedacht. Dann hatte er die Lichter gelöscht, das Gebäude verlassen und sich auf sein Fahrrad geschwungen.

Bei der Ausfahrt aus dem Depot war ihm ein Mann entgegengekommen, der seinen Hund spazieren führte. Der Hund, ein Mops, hatte eine Halskrause aus lindgrünem Plastik um den Kopf gehabt. Die Krause sah exakt so aus wie jener Trichter, mit dem Känzigs Großtante in ihrem schiefen Altstadthaus stets den heißen Holunderblütensirup abfüllte. Irgendwo hatte er gelesen, diese Halskrausen würden die Tiere davon abhalten, nach einer Verletzung oder einer Operation an der Wunde zu lecken. Verteile das Tier seinen Speichel auf die Blessur, würde diese schlecht verheilen. Zusätzlich zur Krause trug der Mops eine kleine, batteriebetriebene Lämpchenkette, deren Lichter von Gelb zu Grün zu Rot wechselten. Damit sollte verhindert werden, dass der Hund in der Dunkelheit verloren ging oder von einem unachtsamen Verkehrsteilnehmer überfahren wurde. Zum Beispiel vom FCZ-schreienden Taxifahrer von vorhin beim Bahnhof Enge. Sein Herrchen trug einen lilafarbenen Skioverall mit gezackten Mustern in Weiß, Grün und Bordeaux, wie ihn Känzig einmal auf einem Foto von Prinz Charles bei einem seiner Winterurlaube in Klosters gesehen hatte. Das Peppigste an diesem Anzug war das Gürtchen aus demselben lilafarbenen Stoff gewesen, das über dem Bauchnabel mit zwei verchromten Metallklammern geschlossen wurde. Prinz Charles war ihm auch deshalb in den Sinn gekommen, weil der Adlige, inzwischen König geworden, in diesen Tagen in Zürich einen Staatsbesuch abhielt, was Polizei, Medien und Bevölkerung auf Trab hielt. Der Mops hatte geröchelt, als sein Herrchen die Leine straffer zog, um Känzig passieren zu lassen. Wegen der Krause klang das Röcheln merkwürdig blechern. Das Prinz-Charles-Double griff sich ans gezwirbelte Schnauzbärtchen und richtete seine gelb getönte Sonnenbrille auf der Nase. Er hatte Känzig mit heiteren Augen angesehen und ihm ein Zeichen gegeben, er dürfe mit seinem Fahrrad zufahren.

Nach nur zehn Minuten war Känzig bei seiner Wohnung in Wiedikon eingetroffen. Leise war er in die Küche gegangen, um Simone und die Kinder nicht zu wecken. Es roch fein nach Kartoffeln und geschmolzenem Käse. Tatsächlich stand noch ein Pfännchen mit Älplermagronen auf dem Herd. Wie üblich hatte ihm Simone einen Rest des Nachtessens aufgehoben, falls er nach seiner Spätschicht hungrig nach Hause kommen würde. Aber er hatte im Depot bereits mit den Kollegen ein Sandwich gegessen. Also hob er kurz den Deckel der Pfanne an, blickte hinein, und holte sich dann ein Bier aus dem Kühlschrank. Er hatte nur die kleine Wandlampe angeknipst und saß im Halbdunkeln. Die Küchenuhr tickte leise, der Kühlschrank surrte in jenem Rhythmus, den ihm der Thermostat vorgab. Känzig saß am äußeren Rand der großen Küchenbank mit dem Schaffell, dem Lieblingsplatz seiner größeren Tochter Luisa. Er fühlte sich aufgekratzt, die Sache mit dem mysteriösen Mann am Bahnhof wollte ihm nicht aus dem Kopf gehen. So hatte es sich immer angefühlt, wenn er bei der Kripo in Uster die Ermittlungen in einem neuen Fall aufgenommen hatte.

In dem Moment hatte er das Quietschen der Schlafzimmertür und Simones Füße über das Parkett im Flur gehen gehört. Und wieder einmal hatte er gestaunt, wie viel Intuition seine Frau doch besaß. War bei seiner Arbeit etwas nicht in Ordnung, hatte er ein körperliches Leiden oder gab es eine Verstimmung mit den Eltern oder den Kindern – Simone hatte immer schon einen untrüglichen siebten Sinn für solche Unwägbarkeiten gehabt. Nachdem sie sich mit einem Glas Wasser neben ihn auf die Bank gesetzt und ihre nackten Füße auf seine warmen Socken gelegt hatte, begannen die beiden ein Zwiegespräch. Den Anfang hatte Simone gemacht:

»Du bist spät dran heute. Normalerweise ist dein Spätdienst auf dem Siebner nach Wollishofen doch schon früher zu Ende. Ist etwas passiert?«

»Ja, es gab einen Vorfall am Bahnhof Enge. Beim Vorbeifahren war es mir, als läge dort ein Mann am Boden. Ich habe Sam auf der Leitstelle informiert und bin dann ausgestiegen, um nachzuschauen. Aber da war nichts mehr außer einem Schlüssel mit Anhänger und ein paar Bluttropfen. Ich habe die Polizei alarmiert, und wurde von denen einvernommen. Blöderweise habe ich den Schlüssel aufgehoben, und so sind meine Fingerabdrücke jetzt überall drauf.«

»Oje, mühsam! Aber zwischen dem Vorbeifahren und dem Moment, wo du dann nachgeschaut hast, lagen doch bestimmt nur ein paar Minuten. Wie konnte der Mann in so kurzer Zeit beiseitegeschafft werden? Oder ist er selbst weggegangen?«

»Das weiß ich alles nicht. Vielleicht sehe ich morgen klarer, da muss ich auf die Polizeiwache Urania zur Einvernahme.«

»Ach, so was, lieber Leo. Da bist du bald fünf Jahre weg vom Polizeidienst und endlich angekommen in deinem neuen Beruf als Tramfahrer. Und nun steckst du doch plötzlich wieder in einem Polizeifall drin.«

»Ja, es scheint so. Einmal Polizist, immer Polizist, glaube ich bald. Du kennst mich ja gut genug, um zu wissen, dass ich es schlecht vertrage, wenn sich Ungereimtheiten nicht aufklären lassen. Ich habe einen starken Gerechtigkeitssinn, den ich nicht einfach ablegen kann, wenn ich am Steuer eines Trams sitze.«

»Aha, der Herr Weltverbesserer! Aber du selbst bist doch gar nicht so sehr auf Gerechtigkeit und Gesetzestreue aus. Was ist denn mit den vielen Rotlichtern, die du mit deinem Velo schon überfahren hast? Oder mit den vielen Paketen, die du dir nach Deutschland schicken lässt, um sie am Zoll vorbei in die Schweiz zu schmuggeln? Wo bitteschön befindet sich dein hoch gelobter Gerechtigkeitssinn in solchen Momenten?«

Simone und Leo mussten beide lachen. Diese Diskussion hatten sie schon oft geführt. Und immer hatte Leo Besserung versprochen, war aber beim nächsten Rotlicht und beim nächsten Angebot auf Ebay bereits wieder schwach geworden.

Er legte einen Arm um Simone und zog sie näher zu sich heran. Dann holte er Anlauf für eine Antwort:

»Meine Liebe, ich weiß, du hast völlig recht. Aber irgendwie bin ich hin- und hergerissen zwischen Gesinnungsethik und Situationsethik. Habe ich alles mal gelernt in meinem Studium der Germanistik und der Geschichte. Max Weber und so weiter. Schau, im Prinzip möchte ich die Prinzipien, die sich unsere Gesellschaft gibt, ja auch einhalten. Aber im Einzelfall fällt es mir schwer. Weil jeder Fall doch einzigartig ist. Ich möchte ja auch ein Vorbild sein für meine Luisa und meine Laura. Wären sie mit mir beim Velofahren dabei, würde ich nie im Leben bei Rot über die Kreuzung fahren. Das ist sonnenklar. Aber wenn ich allein unterwegs bin und die Risiken gut abschätzen kann, ist die Verlockung halt groß.«

»Moment, Moment, du lenkst ab.« Simone richtete sich gerade auf. »Es geht nicht darum, wie du die Situation siehst, sondern wie sie objektiv ist. Bei Rot geht man nicht über die Straße, das ist universell und gilt für alle. Auch für den Herrn Tramfahrer und Ex-Polizisten Leo Känzig. Obwohl er meint, er habe es unheimlich eilig. Aber in Wahrheit will er sich vielleicht nur mit Sam zu einem Töggeliplausch treffen.«

»Okay, ich sehe, ich habe hier eine Gesinnungsethikerin am Tisch, der

ich nicht Paroli bieten kann. Aber wenn ich auf den Mann zurückkomme, der am Bahnhof Enge auf dem Boden gelegen hat, dann habe ich als Tramführer doch ein grundsätzliches Problem. Eigentlich sollte ich aussteigen und helfen, aber andererseits müsste ich das Tram ins Depot fahren. Ja, wie soll ich mich da entscheiden? Beide Wege sind irgendwie falsch.«

»Du hast dich entschieden nachzuschauen, o. k. Aber ich würde mal nicht sagen, dass hier der barmherzige Samariter in dir das Kommando übernommen hat. Sondern eher der neugierige Ex-Polizist, stimmt's?«

Känzig nickte und goss sich den Rest seines Büchsenbiers ins Glas. Dann erzählte er, dass ihm Sam Gröbli geholfen habe, wenn auch eher widerwillig, die Leute im Depot über die Verspätung seines Trams zu informieren.

»Aha, Sam hat dir geholfen, ihr steckt mal wieder unter einer Decke. Schau nur zu, dass du seine Hilfsbereitschaft nicht überstrapazierst. So wie meine auch nicht. Du weißt, es ist streng mit unseren zwei Töchtern, und Luisa kränkelt schon wieder. Es ist gut möglich, dass sie morgen wieder nicht in die Krippe kann. Du hast ja dann deinen freien Tag. Ich wäre froh, du könntest am Nachmittag nach ihr schauen. Vormittags bin ich zu Hause.«

»Ja, kann ich machen. Ich wollte zwar … aber schon gut. Und die Hilfsbereitschaft meiner Frau will ich gewiss nicht überstrapazieren. Mit den achtzig Prozent, die ich arbeite, bleiben aber auch nicht so viele freie Stunden Quality Time übrig, die ich mit den Mädchen verbringen könnte. Wie ist es euch heute eigentlich ergangen?«

Simone erzählte, womit ihr Tag ausgefüllt gewesen war. Neben der Betreuung der Kinder, den Arbeiten im Haushalt und dem Einkaufen hatte sie es gerade noch geschafft, mit ihrer Freundin Cynthia zu telefonieren. Um ihr mitzuteilen, sie könnten nicht zum Geburtstagsfest kommen, weil Luisa krank und sie selbst zu müde sei.

Sie hatte Leo inzwischen mit beiden Armen umschlungen und lehnte sich an seine Schulter, wo sie in heftiges Gähnen verfiel. Dann flüsterte sie ihm ins Ohr:

»Ach, Leo. Wir leben so starr im Hamsterrad, wir müssten dringend auch mal wieder für uns Zeit haben. Glaubst du, wir finden irgendwann ein Wochenende, an dem meine Eltern die Mädchen nehmen und wir uns irgendwo etwas Schönes gönnen könnten? Ich glaube, ich bin reif für die Insel. Und sollte ich da nicht bald hinkommen, dann werde ich reif fürs Inselspital.«

Leo Känzig lachte. Er hatte den Humor seiner Simone schon immer gemocht, der eher trocken und einfach gestrickt war. Die Pointen, die sie zum Besten gab, waren ziemlich leicht voraussehbar. Das schmälerte deren Reiz nicht, im Gegenteil, er mochte ihren subtilen Humor wie gesagt sehr.

»Und ich bin reif fürs Bett«, flüsterte er. »Gehen wir.«
»Gehen wir. »

Bevor er eingeschlafen war, hatte Känzig noch ein letzter Gedanke geplagt wie eine Entenfeder, deren spitzer Kiel durch den dünnen Stoff des Kopfkissens ragte und einem in die Wange oder den Hals stach. »Als ich den Mann dort gesehen habe, ist unmittelbar zuvor ein Regen durchgezogen. Die Blutspuren aber waren alle unverwässert und erst teilweise angetrocknet. Diese Spuren mussten bei meiner Ankunft also ganz frisch gewesen sein ...«

5

K änzig, Leo!«
Den Polizisten, der ins Wartezimmer trat und
seinen Namen aufrief, erkannte Känzig sofort wieder.
Obschon er ihn gestern Nacht nur im Dunkeln angetroffen hatte. Es war Beat Schöni, der Kühlschrank mit der
Operetten-Artikulation, der ihm seine Fingerabdrücke
abgenommen und das Protokoll erstellt hatte. Anstelle
der zu kleinen Mütze zierte jetzt eine Halbglatze den
Kopf des Beamten. Sie glänzte im Schein der Neonröhre,
die an der Decke surrte.

Känzig erhob sich und antwortete mit einem sehr verhaltenen Handzeichen. Gerade so, als säße er im Warte-
saal seines Zahnarztes und wünschte sich, man möge
bloß nicht merken, dass er als Nächster an der Reihe war.

»Mitkommen!«, sagte der Kühlschrank barsch und
wirkte einzig beim Buchstaben »o« für einen Moment
wieder wie jener Tenor, den sich Känzig in der vergangenen Nacht so plastisch ausgemalt hatte. In höflichem
Ton antwortete er:

»Guten Tag, Herr Schöni. Haben Sie gut geschlafen?
Das war auch für Sie eine kurze Nacht.«

Er versuchte, den breitschultrigen, hochgewachsenen
Schöni milde zu stimmen. Obschon er davon ausging,
dass jemand anderes an seiner Stelle das bevorstehende
Verhör führen würde. Ein Vorgesetzter, ziemlich sicher.

Trotzdem schien es ihm wichtig, auch mit dem Streifen-
polizisten ein gutes Einvernehmen zu haben, man
konnte ja nie wissen. Diese Art, es allen recht zu machen,
mochte er zwar nicht besonders an sich. Und an anderen
auch nicht. Aber eine gewisse Konzilianz war in seinem
Fall bestimmt auch dem Umstand geschuldet, dass er
erst seit knapp fünf Jahren in der Stadt Zürich lebte und
hier noch immer ein Fremder war, der den Goodwill der
Einheimischen nicht strapazieren wollte.

»So, Herr Känzig, würden Sie sich bitte ausweisen!«
Schöni hielt ihm die rechte Hand entgegen.

Känzig griff in seine Jacke, holte die Identitätskarte
aus seinem Portemonnaie und reichte sie dem Polizisten.
Dieser besah sich die Vorderseite, dann die Rückseite
und murmelte etwas Unverständliches vor sich hin.

Ein Schauer lief Känzig den Rücken hinab. War sein
Ausweis vielleicht abgelaufen? Oder war mit dem Pass-
foto etwas nicht in Ordnung? Das Foto hatte er erst
nach vielen Anläufen regelkonform im Kasten gehabt,
erinnerte er sich jetzt an die Situation, in der es entstanden war. Er war mit seiner Luisa am Bahnhof gewesen,
wo es diese multifunktionalen Automaten gab, die auf
Wunsch Passbilder mit spaßigen Hintergründen er-
stellten. Luftballone, Konfettischauer, Herzchenregen.
Natürlich hatte Luisa mit in die Kabine gewollt und
darauf bestanden, dass Papa einen solchen Spaßhinter-
grund wählte. Für eine erste Serie ließen sich die beiden
gemeinsam ablichten. Dabei kicherten sie zusammen, als
wären sie beste Freundinnen, die sich ins Schulhausklo
eingeschlossen hatten. Dann aber wollte Papa die richtigen Passfotos machen und ernst dreinschauen. Was er

einfach nicht mehr konnte, weil Luisa direkt am Vorhang stand, weiterhin Blödsinn machte und Grimassen schnitt. Und so sehr sich Känzig Mühe gab, die Mundwinkel gerade zu halten oder sogar leicht nach unten zu ziehen, das System taxierte das Ergebnis Mal für Mal gnadenlos als »Nicht konform mit den Vorschriften für amtliche Dokumente«. Känzig hatte bereits Schweißperlen auf der Stirn und seine Lachmuskeln im Gesicht schmerzten ihn, als der Automat endlich grünes Licht gegeben hatte. Und das Passbild des Känzig, Leo, geb. 22.08.1979, freigab.

Polizist Schöni drehte den Ausweis ein letztes Mal um und forderte Känzig auf, mitzukommen. Er führte ihn durch einen langen, fensterlosen Flur. Streng roch es dort, nach Reinigungsmittel und Schweiß. Der beigebraun gesprenkelte Linoleumboden verströmte den Charme eines Altersheims aus den siebziger Jahren. Rechts und links gingen Türen ab, doch Schöni hielt geradeaus und öffnete erst am Ende des Flures eine gläserne Brandschutztür, hinter der sich auf der rechten Seite das Verhörzimmer befand. Er klopfte an, was bei der schallgedämpften Tür vermutlich Unsinn war. Nach einer Pause drückte er die Klinke und hieß Känzig mit einer Handbewegung einzutreten.

Drinnen wurden sie von Martin Habegger erwartet. Der leitende Detektiv der Abteilung Kriminaldelikte war ein kleiner, drahtiger Mittvierziger, trug eine Stirnglatze und einen dunkelbraunen Schnauzer. Dazu eine beige Bundfaltenhose und ein hellblaues Hemd, dessen Ärmel er hochgekrempelt hatte, sodass seine kräftigen, gebräunten Unterarme zum Vorschein kamen. Mit einem stechenden Blick schaute er Känzig direkt in die Augen und ließ auch dann nicht von dieser Fixierung ab, als es dem Vorgeladenen langsam peinlich wurde und er seinen Blick senken musste. Wobei er genau spürte, dass Habegger ihn immer noch im Visier hatte. Wie bei einem Kind, das in einem Bahnabteil saß und in den Polstern schräg gegenüber etwas Unerhörtes entdeckt hatte. Nun konnte es den Blick nicht mehr davon abwenden. Einen Behinderten mit heraushängender Zunge und Zuckungen zum Beispiel. Oder einen Verletzten mit Wundpflaster und Augenklappe. Oder eine ausnehmend mollige Frau mit großen Schweißflecken unter den Armen und hochroten Wangen. Tatsächlich fixierten Habeggers Pupillen jene von Känzig sofort wieder, kaum hatte dieser seine Augen aus dem Sichtfeld seines Befragers weg- und wieder hinbewegt.

Känzig sah sich im Zimmer um. Das war rasch gemacht, denn der Begriff »schmucklos« war bestimmt genau für diesen Raum erfunden worden. Weiße Wände, grauer Boden, ein Fenster mit halb zugezogenen Lamellenstoren, ein LED-Leuchtmittel an der Decke; das Wort »Lampe« wäre dafür viel zu poetisch gewesen. Um den Tisch standen vier Freischwingerstühle aus Alu und schwarzem Leder. Auf dem Tisch gab es – nichts. Keine Wasserkaraffe mit Gläsern, keine Becher mit dampfendem Kaffee.

Dieses Zimmer ist an Nüchternheit kaum zu überbieten, dachte Känzig, der bei seinem Job in Uster auch oft in tristen Räumen gearbeitet hatte. Doch dieser hier übertraf die Tristesse seiner bisher gesehenen Einvernahmezimmer um ein Vielfaches. Hinzu kam, dass er von Habegger noch immer penetrant angestarrt wurde. Bald schon freute er sich darauf, vom Ermittler endlich eine erste Frage gestellt zu bekommen. Denn durch den Sprechvorgang würde Habeggers bohrend blickende Visage bestimmt ein wenig aufgelockert werden, hoffte er.

»Leo Känzig, geboren 22. August 1979 in Uster ZH, wohnhaft seit 1.4. 2022 in 8055 Zürich Wiedikon, verheiratet mit Simone Känzig, Vater zweier Töchter, angestellt bei den VBZ als Tramfahrer. Sie haben also gestern Nacht respektive heute früh gegen ein Uhr auf dem Gehsteig Bederstrasse-Gutenbergstrasse einen Mann liegen sehen. Sie haben ihr Tram beim Bahnhof abgestellt und sind ausgestiegen. Und wie Sie an die Stelle kommen, ist der Mann weg. Aber Sie finden dort einen Schlüssel mitsamt Anhänger und erkennen auf dem Asphalt Blutspuren. Jetzt lese ich in Ihren Akten, Sie seien früher selbst Kriminalpolizist gewesen, hätten in Uster ein Ermittlungsteam geführt. Dann sagen Sie mir, Herr Känzig: Warum in aller Welt haben Sie den Schlüssel aufgehoben und sind mit ihm in der Gegend spazieren gegangen, als wäre es ein Stafettenstab bei einem Leichtathletikmeeting?«

Leo Känzig spürte einen Kloß im Hals, getraute sich aber nicht, diesen runterzuschlucken. Aus Angst davor, das Geräusch und die Bewegung des Adamsapfels könnte als Schuldeingeständnis interpretiert werden und den Weg ins Protokoll finden. Das wurde, wie in der vergangenen Nacht, von Polizist Schöni aufgenommen.

Totenstill war es im Zimmer. Känzig wagte kaum noch zu atmen. Man glaubte, in eine Selbsthilfegruppe für Mutismus geraten zu sein. Eine Stubenfliege in der Ecke oberhalb der LED-Lichtquelle war das Einzige, das sich regte. Zwar flog das Insekt nicht, aber immerhin kroch es auf und ab und war folglich noch am Leben. Was Känzig ermutigte, dem Blick des Befragers doch noch standzuhalten und den Mund aufzumachen.

»Herr Habegger, Sie haben recht. Es war ungeschickt von mir, den Schlüssel ohne Handschuhe oder Taschentuch aufzuheben. Andererseits hatte ich keine Wahl. Ich musste das Objekt an mich nehmen, damit ich die Umgebung erkunden konnte. Sonst hätte jemand anderes den Schlüssel vielleicht weggeworfen oder mitgehen lassen.«

»Bei den Blutspuren haben Sie sich ja zum Glück im Zaum gehalten. Nicht auszudenken, wenn Sie die auch noch berührt hätten. Es war überhaupt ein großes Glück, dass wir diese Spuren sichern konnten. Wie uns die Auswertung des Regenradars gezeigt hat, ist nur wenige Minuten vorher genau an dem Ort ein Schauer niedergegangen. Wäre der Mann schon vor dem Schauer dort gelegen, hätte es das Blut mit großer Sicherheit weggeschwemmt. Was uns Hinweise darauf gibt, zu welcher Uhrzeit das Blut geflossen sein muss. Nämlich ganz kurz vor Ihrem Eintreffen.«

Leo Känzig schluckte nun doch einmal leer. Der Kloß in seinem Hals löste sich. Die Fliege an der Wand war aufgeflogen, nur um exakt an dieselbe Stelle zurückzukehren und dort ihre Spaziergänge fortzusetzen.

Mit unverändert stechendem Blick und schonungslos frontaler Zuwendung setzte Kommissar Habegger seine Einvernahme fort:

»Die Blutspuren haben uns bereits eine erste wichtige Erkenntnis ermöglicht. Heute früh wurde auf der Hauptwache eine Person als vermisst gemeldet. Ein gewisser Kurt Hofer, der bei einer Schlummermutter in der Nähe des Fundorts ein Zimmer hat. Hofer gilt als Außenseiter, arbeitet nicht, hat scheinbar weder Freunde noch Angehörige. Niemand weiß genau, wie er seine Tage verbringt. Weil er Alkoholiker ist, hat er seine Vermieterin gebeten, morgens nachzuschauen, ob er brav zu Hause sei und nicht irgendwo in einer Spelunke abhing oder in einem Straßengraben lag. Und an diesem Morgen lag er eben nicht in seinem Bett. Aber seine Jacke und seine Schuhe waren weg, also musste er irgendwo außer Haus sein. Da alarmierte die Vermieterin die Polizei. Das ist nicht zum ersten Mal passiert, in den letzten Jahren hat die Schlummermutter eine Handvoll solcher Vermisstenanzeigen aufgegeben. Aber bislang ist Kurt Hofer nach ein paar Tagen immer wieder aufgetaucht. Einmal hat er bei einem Kollegen seinen Rausch ausgeschlafen, ein andermal hat ihn eine Soldatin der Heilsarmee mitgenommen. Dieses Mal haben wir in seiner Mansarde an seiner Zahnbürste eine DNA-Probe entnommen und sie mit dem Profil der Blutspur verglichen. Das Resultat ist eindeutig. Ohne jeden Zweifel stammt das Blut auf dem Gehsteig, das Sie gefunden haben, von Kurt Hofer.«

Wie gelähmt blieb die Fliege in ihrer Ecke sitzen. Vergebens hoffte Känzig, weiterhin ihren Spaziergang mitverfolgen zu können, um dem stechenden Polizistenblick auszuweichen. Allmählich spürte er, wie sich das Leder der Sitzfläche unter seinen angespannten Oberschenkeln zu erhitzen begann. Dort, wo seine Beine auf dem Stuhl auflagen, klebte ihm inzwischen die Diensthose an der schweißfeuchten Haut.

»Strengen Sie sich an, Känzig. Von Kollege zu Kollege: Was haben Sie am Ort genau wahrgenommen? Gab es irgendwo einen Passanten? Ein Fahrzeug, das auftauchte? Ein anderes Tram, das vorbeifuhr?«

»Nein, Passanten hat es keine gehabt. Es war menschenleer. Ein Taxi fuhr vorbei, es ist von weiter oben gekommen, wo die Haltestelle des Dreizehners ist. Es ist schnell unterwegs gewesen, aber ohne Fahrgäste darin, glaube ich. Bei der Taxizentrale würden Sie bestimmt herausfinden, wer um diese Zeit dort vorbeigefahren ist.«

»Und das ist alles? An mehr können Sie sich nicht erinnern? Sie haben doch für Ihren Job bei der Kripo in Uster gewiss auch Kurse in Tatort-Rekognoszierung und anderem genossen, oder? Und das Handbuch der Kriminalistik von Ackermann et al. haben Sie bestimmt auch als Pflichtstoff gehabt, nicht wahr? Oft gibt ein unscheinbarer Ort viel mehr her, als es zunächst den Anschein erweckt. Keine weiteren Details? Keine Irritationen? Irgendein Geräusch, ein Lichtschein, ein Geruch?«

Angestrengt dachte Känzig nach. Derweil hatte die Fliege ihr Wirkungsfeld ausgetauscht und in der Ecke oberhalb von Wachtmeister Schönis Glatze einen neuen Tummelplatz gefunden. Vor seinem inneren Auge tauchte die Szene mit dem Taxi auf, das er in Gedanken versunken beinahe übersehen hätte. War er nicht voll bei der Sache gewesen und hatte Wichtiges ignoriert? Nein, dachte er und schaute dem Befrager möglichst direkt in die Augen. Da dämmerte ihm, dass gerade die völlige Absenz von Irritationen eine Besonderheit darstellte.

»Nein, da waren keine weiteren relevanten Details. Es war ein Uhr in der Früh an einem Sonntagabend. Die Gegend war wie ausgestorben. Vielleicht ist ja genau das ein ausschlaggebendes Detail. Was auch immer dort vonstattengegangen ist, hat bewusst möglichst diskret und unbemerkt passieren sollen.«

Allmählich büßte Habeggers fadengerade Fokussierung auf Känzig an Intensität ein. Wie ein Gaffer, der einen spektakulären Unfallort mit seinen Blicken vollständig abgegrast hatte und sein Sensorium wieder der Banalität des Alltags zuwandte, drehte sich der Kommissar von Känzig ab und blickte zu Schöni. Dieser schien mit dem Protokoll, das er in ein schmales Laptop tippte, soeben fertig geworden zu sein. Nun erhielt er von seinem Chef die Order, Kaffee für alle zu holen. Wenig später war er zurück und verteilte dünnen Becherkaffee aus dem Automaten. Die Fliege verlagerte ihre Umlaufbahnen näher zum Boden hin und spazierte nun unterhalb des Fenstersimses auf und ab.

Nach einem ersten Schluck Kaffee setzte Habegger noch einmal seinen durchdringenden Blick auf, um Känzig eine Warnung mit auf den Weg zu geben.

»Sie wissen, dass Sie mit der fortgesetzten Berührung eines zentralen Beweismittels nicht nur die Untersuchung behindert, sondern sich, ich sage einmal: theoretisch, verdächtig gemacht haben? Solange nicht geklärt ist, was mit Hofer passiert ist, müssen wir eine Person, deren Fingerabdrücke wir auf dem Schlüsselanhänger finden, als potenziell suspekt betrachten. Das heißt, Herr Känzig, Sie müssen sich für weitere Befragungen zur Verfügung halten. Wir müssen Ihnen bis auf

Weiteres untersagen, Reisen ins Ausland zu unternehmen. Sie müssen für uns erreichbar bleiben, bis der Fall aufgeklärt und Ihre Unschuld bewiesen ist. Oder Ihre Schuld. Verstehen Sie das?«

»Ja, ich verstehe das. Ich halte mich zur Verfügung«, sagte Känzig knapp. Dabei dachte er bei sich, er würde auf keinen Fall einfach abwarten und sich vom Verlauf der Untersuchung treiben lassen wie eine Stubenfliege, deren Häscher ihr mit der gerollten Zeitung oder dem gummibesohlten Pantoffel zu Leibe rückten. Nein, er würde das Heft selbst in die Hand nehmen. Er spürte, wie sein Polizistenehrgeiz wieder angestachelt wurde. Er würde seine Unschuld beweisen und den mysteriösen Fall aufklären.

6

Als er aus der Polizeiwache herauskam, dankte Leo Känzig dem Himmel, dass er frühmorgens beim Verlassen seiner Wohnung seine Schwimmsachen eingepackt hatte. Als Kältebader führte er fast immer Badehose, Socken und Handschuhe aus Neopren und ein Badetuch mit sich. Trotzdem kam es vor, dass er in Eile war und genau dann ohne den Beutel mit den Seeutensilien aus dem Hause stürmte, wenn er diese später besonders gut hätte brauchen können. Kürzlich war dies der Fall gewesen, als er an der Endstation Tiefenbrunnen zwischen zwei Schichten eine mehr als zweistündige Pause gehabt hatte und den verlockend glänzenden See einfach links liegen lassen musste. Zwar hätte er die Möglichkeit gehabt, sich in der Uto-Badi bei Charlotte jederzeit eine Badehose und ein Tuch auszuleihen. Aber er wollte das auch nicht strapazieren. Dennoch spürte er ein freudiges Kribbeln in sich aufsteigen, wenn er an sie dachte.

Er schloss sein Fahrrad auf und schwang sich auf den Sattel. Er brauchte eine Abkühlung, bevor er die Recherchen zum Fall Kurt Hofer aufnehmen würde. Es war kurz vor zehn Uhr, die Sonne schien mild, vor ihm lag ein perfekter, arbeitsfreier Herbstvormittag. Zu Mittag wurde er zu Hause erwartet, weil Simone arbeiten und er auf die kranke Luisa aufpassen musste. In der Uto-Badi würde es zu dieser Tageszeit kaum Leute haben. Einzig die Stammgäste, die sich von Wassertemperaturen im tiefen zweistelligen Bereich nicht abschrecken ließen, würde er antreffen. Sie würden auf ihren Plätzen sitzen und über Gott und die Welt palavern. Bekannte Gesichter waren meist auch darunter, etwa Diego Müller, in dessen Restaurant Alma De Ojo Charlotte einmal gearbeitet hatte. Der bald achtzigjährige Künstler und Unternehmer mietete immer eine Privatkabine in der Badi. Seinem hohen Alter zum Trotz kam er fast täglich ins Bad, um schwimmen zu gehen und Leute zu treffen. Wobei er nicht einfach bedächtig über die Leiter ins Wasser stieg, sondern jedes Mal einen Kopfsprung hinlegte. Mit zittrigen Händen tastete er sich am Geländer vor, bis die schlottrigen Beine den Absatz erreicht hatten. Dann ging er leicht in die Knie, das Schlottern wurde noch stärker. Aber er schaffte seinen Sprung jedes Mal, die Arme zum Pfeil geformt, den Körper gestreckt. Dann platschte es, Wasser spritzte hoch – und Känzig verspürte eine Sehnsucht, auch bis ins hohe Alter gesund zu bleiben.

Von der Hauptwache bei der Urania bog er mit seinem Gravelbike auf die Rudolf-Brun-Brücke ab. Wie immer fuhr er zügig. Langsam Fahrrad fahren, das schaffte er fast nicht. Vielleicht auch deshalb, weil er die Trams, die er pilotierte, als träge und schwerfällig empfand und außerhalb seiner Kabine als Kontrast mehr Tempo brauchte. Er spürte ein ständiges Drängen in sich, eine Rastlosigkeit, gepaart mit Ungeduld und einem Sportsgeist, der ihn ans Limit trieb. Umgekehrt spürte er auch Gefühle von Verantwortung, seit er Vater geworden war. Seiner Luisa und seiner Laura wollte er ein guter

Vater sein. Und hatte dies nicht genauso Geltung, wenn er allein unterwegs war und die beiden Töchter und Simone ihn nicht sahen?

Er fühlte sich oft hin- und hergerissen zwischen dem Zwang zur Pflichterfüllung und dem Drang zur Freiheit. Da war zum Beispiel jene Sache, die er mit Simone schon so oft besprochen hatte, ohne zu einem Schluss zu kommen: War es in Ordnung, mit dem Velo Kreuzungen bei Rot zu passieren, falls die Situation ungefährlich war? Oder diese Frage: Konnte er es sich leisten, mit dem Bike auf den Gehweg auszuweichen, um bei einer Haltestelle ein stehendes Tram zu überholen? Was, wenn ihn der Kollege im Führerstand erkannte und bei den Vorgesetzten anzeigte?

Einmal war ihm ausgerechnet bei der Fahrt über eine Kreuzung, deren Ampel Dunkelorange zeigte, die Kette aus dem Zahnkranz gesprungen. Das brachte ihn mitten auf der mehrspurigen Fahrbahn abrupt zum Stehen. Man konnte sich das Hupkonzert vorstellen, mit dem ihn die heranbrausenden Autos und Lastwagen zum Teufel wünschten. Wäre er dabei von Simone oder den Kindern gesehen worden, hätte er sich in Grund und Boden geschämt. Dessen war sich Känzig voll und ganz bewusst. Aber sein Wunsch, Konventionen aufzubrechen, war manchmal einfach stärker. Das galt gewiss auch für seine Beziehung mit Charlotte. Auch hier nahm er sich ein bisschen Freiheit heraus, was ihm gleichermaßen das Ego massierte wie das Gewissen belastete.

Am Ende der Rudolf-Brun-Brücke bog er scharf rechts aufs Limmatquai ab. Er beschleunigte wieder und umkurvte beim Rathaus eine Gruppe japanischer Touristen, die mit gezückten Selfiestangen mitten auf der Straße stand. Beim Helmhaus wich er mehreren Jugendlichen auf E-Rollern aus. Diese stromfressenden Aluminiumponys, wie er sie nannte, mochte er nicht. Egal, ob sie fuhren oder parkten, überall waren sie im Weg. Sie passten nicht auf die Straße, nicht auf den Radstreifen, nicht auf den Gehsteig. Und den Benutzern würde es guttun, zu Fuß zu gehen, statt sich vom Roller tragen zu lassen wie ein Krösus in einer Sänfte, befand Känzig.

Er kam zum Bellevue, wo er den Radweg verließ und sich an die Spitze der stehenden Autokolonne schlängelte. Immer wieder staunte er, wie hochklassig und tadellos der Autofuhrpark in Zürich war. Am Bellevue sammelten sich die schwarzlackierten, glanzpolierten BMWs, Maseratis, Mercedes, Porsches und Teslas wie die Hummeln am Glas Apfelsaft. Sprang die Ampel auf Grün, bretterten sie los in Richtung Seestrasse oder Quaibrücke, wo oft Jugendliche mit Fotoapparaten und Smartphones auf der Lauer lagen. Sie wollten dort Schnappschüsse und Videos der Boliden machen, um sie in den sozialen Medien zu veröffentlichen. Car-Spotting wurde dieses Phänomen genannt, hatte Känzig einmal in der *20 Minuten* gelesen. Analog zum Plane-Spotting draußen auf den Flugfeldern von Kloten und dem Train-Spotting oben am Landwasserviadukt im Albulatal.

In der Autokolone am Bellevue wartend, dachte Känzig über die *Conditio humana* nach. Hatten wir seinerzeit nicht ein einwandfreies Paradies übernommen, als uns der liebe Gott den Schlüssel zum Garten Eden überreicht hatte? Die Natur war vollkommen gewesen. Die Ponys hatten nicht aus Aluminium bestanden und Gras anstatt Strom gefressen. Auch Adam und Eva hatten zwischen sich eine luzide Anziehung verspürt. Vielleicht waren sie blind vor Liebe gewesen, sodass sie im Mietvertrag mit Gott das Kleingedruckte übersehen hatten. Es wäre darum gegangen, den richtigen Dreh zu finden mit diesem Apfel, der Schlange und der Scham.

Leider muss dabei etwas schiefgegangen sein, dachte Känzig, blickte auf die Ampel und widerstand dem Drängen, schon bei Rot loszufahren. Geduldig wartete er aufs Grünlicht und schielte dabei ab und zu auf das Porsche-Cabrio zu seiner Linken. Am Steuer saß ein älterer, vornehmer Herr mit Pilotenbrille und Dächlikappe. Neben ihm auf dem Beifahrersitz war eine junge Frau mit Wildlederfaltenrock, Wollpulli und Seidenkopftuch.

Zunächst hat der liebe Gott aus einem Klumpen Erde Adam geformt, dachte Känzig. Diesem ersten Menschen fehlte aber ein Gegenüber, obschon ihm Gott alle Tiere der Welt zur Seite stellte. Trotz der Tiere fühlte sich Adam unvollkommen. Also ließ ihn Gott in einen tiefen Schlaf fallen. Er entnahm ihm eine Rippe und schuf daraus Eva, die erste Frau.

Vielleicht liegt hier ein grober Konstruktionsfehler vor, der alle späteren Konflikte zwischen Mann und Frau erklären könnte, sagte sich Känzig. Den Mann aus einer weiblichen Scholle zu schaffen, die Frau aus einer männlichen Rippe – konnte so was gut gehen? War das der Grund, weshalb sich Mann und Frau bis zum heutigen Tag oft missverstanden? Und ehrlich gesagt, Känzig schmunzelte in sich hinein, war ein Apfel doch wirklich keine besonders verführerische Frucht. Nicht von ungefähr setzte Wilhelm Tell seinem Sohn beim Pfeilschuss einen Apfel auf den Kopf. Er machte sich helvetischer und war leichter zu treffen als eine Birne, eine Pflaume oder eine Quitte. Und warum waren früher ausgerechnet Pausenäpfel an die Schulkinder verteilt worden? Sicher nicht, weil sie eine Delikatesse gewesen wären. Sondern weil es sie in rauen Mengen gab und sie fast nichts kosteten.

Ein Apfel ist eine Opportunitätsfrucht, aber kein Aphrodisiakum, phantasierte Känzig weiter. Ob der liebe Gott seiner Eva zu Adams Verführung nicht besser einen feinhaarigen Pfirsich und zwei formschöne Mandarinen aufs Nachttischchen gelegt hätte? Känzig kicherte in sich hinein. Aber in einem war er sich sicher: Hätte Adam anstelle von Eva die Verführung in die Hand nehmen müssen, wäre er nicht mit einer Frucht hinter dem Baum hervorgetreten, sondern mit einem Porsche vorgefahren.

Die Ampel sprang auf Grün. Känzig radelte kraftvoll los. Neben ihm heulte der Porsche auf und schoss über die Kreuzung. Im Nu war auch Känzig drüber und befand sich nun auf der doppelspurigen Hauptstraße stadtauswärts. Er trat so fest er konnte in die Pedale, schaltete auf den großen vorderen Zahnkranz und bewegte sich flüssig im selben Tempo wie die Autos um ihn. Er atmete regelmäßig leicht ein und kräftig aus. Vor ihm bewegte sich ein Fondue-Tuktuk dem Opernhaus zu. In dem Elektrofahrzeug mit drei Rädern saß vorn ein Chauffeur mit einem Strohhut und einem weißen Hemd mit schwarzer Weste. Er hatte eine Lichterkette mit Lämpchen eingeschaltet und ließ Musik laufen, die Känzig als deutschen Schlager identifizierte.

Hinten im Tuktuk saß eine vierköpfige Familie: Mutter, Vater, Tochter und Sohn. Sie trugen Funktionskleidung, als kämen sie direkt vom Schlussverkauf im Bergsportgeschäft und befänden sich auf dem Weg zum Mount Everest. Sie saßen auf Polstern aus künstlichem, schwarzweiß geflecktem Kuhfell. Das Fondue befand sich in einem Topf, der rutsch- und sturzsicher in der Tischplatte eingelassen war. Kichernd tunkten sie ihre Gabeln in die blubbernde, beigegelbe Masse.

Känzig war nun dicht am linken Hinterrad des Gefährts dran und konnte den geschmolzenen Käse riechen. Der Sohn, der links außen saß, drehte sich zu ihm um und bot ihm mit ausgestrecktem Arm das Fonduestück auf seiner Gabel an. Mit einem Kopfschütteln und einem Lächeln signalisierte Känzig »Nein, danke«. Der Junge streckte das Brotstück noch weiter aus dem Tuktuk heraus und lachte hysterisch. Er schwenkte die Gabel auf und ab, bis das Brotstück abfiel und auf der Straße landete. Känzig überholte das Tuktuk und achtete darauf, ja nicht in den klebrigen Käse zu fahren.

Wo es links hoch zur Kreuzstrasse ging, schoss er rechts über den Fußgängerstreifen in die Seepromenade hinein und kam direkt vor dem Eingang zur Uto-Badi zu stehen. Ob Charlotte heute arbeitete? Heilig war ihr der schulfreie Mittwochnachmittag, den sie mit ihrem fünfzehnjährigen Sohn Linus verbrachte. Dieser war auch jedes zweite Wochenende und die Hälfte der Schulferienzeit bei der Mutter. Heute ist aber Montag, sie könnte vermutlich bei der Arbeit sein, dachte Känzig.

Einmal hatten sich die beiden nach Badschluss bei einem Eiskaffee über Partnerschaft und Familie unterhalten. Dabei war deutlich geworden, dass sie sehr unterschiedlich tickten. Charlotte, die Alleinerziehende, lehnte es ab, ihren Sohn und Känzig miteinander bekannt zu machen. Sie war gegen Patchwork-Geschichten jeder Art und strebte nach klaren Verhältnissen. Gegenüber dem Zusammenführen von Ex-Partnerinnen und -Partnern mit gemeinsamen und nicht gemeinsamen Kindern sowie mit alten und neuen Lebensabschnittsgefährten besaß sie eine große Skepsis. Er erinnerte sich noch, dass sie ihm einmal gesagt hatte:

»Stell dir vor, ich bringe dich an einem Mittwoch mit nach Hause und Linus ist da. Was sag ich ihm dann? Ich kann ja nicht sagen: Das ist Leo, mein neuer Freund. Oder Leo, ein guter Bekannter. Oder Leo, ein Kollege. Wie auch immer ich es drehe, es würde dich kränken und Linus verwirren.«

Darauf hatte er geantwortet: »Vielleicht sagst du einfach, du hättest diesen netten Leo kennengelernt, und alles Weitere werde sich zeigen. Er habe aber selbst eine Frau und Kinder, zwei Töchter, und suche keine neue Familie.«

»Das tönt so einfach, ist es aber nicht. Wenn du vor einem Teenager stehst und ihn zu beflunkern versuchst, dann wird er dich nur einmal schräg von der Seite anschauen, und du wirst merken, dass er deine Flunkereien längst durchschaut hat.«

»Ja, das glaube ich auch. Kindern kann man nichts vormachen. Sie spüren einfach alles. Dein Sohn merkt so oder so, ob du eine neue Herrenbekanntschaft gemacht hast oder nicht. Warum also ihm die Information vorenthalten?«

»Weil es besser ist. Und weil es wichtig ist, ihn zu schützen. Er soll sich nicht auf eine ganze Reihe von neuen Männern einlassen müssen, die vielleicht alle nur für einen Moment relevant sind, weil nichts Rechtes daraus entsteht. Und damit schütze ich auch mich.«

Känzig tickte anders. Er war ein geselliger, umgänglicher Mensch, der gern vertraute Personen um sich scharte – je mehr und je öfter, desto besser. Auch Charlotte wollte er unbedingt als Freundin oder gar Freundin Plus haben. Obschon es derzeit danach aussah, als würde es zwischen ihnen eher platonisch bleiben. Das galt aber nicht zu hundert Prozent, wie Känzig merkte und auch Charlotte immer wieder durchblicken ließ. Etwa, wenn sie ihn in der Badi wie zufällig berührte oder zur Begrüßung und zum Abschied fest umarmte.

Ich will aber mit Simone auf jeden Fall weiterhin zusammenbleiben, dachte er, als er sein Fahrrad am Metallzaun bei der Badi abschloss. Erst recht in diesem Moment, wo sie gerade das zweite Kind bekommen hatten und er sich nach Kräften bemühte, die Hälfte der Elternpflichten zu übernehmen. Wie manche Nacht war er schon mit der schreienden Laura im Tragetuch durchs Quartier spaziert, um das kleine Bündel zum Schlafen zu bringen. Und jedes Mal, wenn er bei der VBZ den Einsatzplan für die kommenden Wochen festlegen musste, beachtete er akribisch Luisas Krippentage, die abgemachten Zahnarztbesuche und sonstigen Termine der Kinder, die Schulferien, die Yogaabende und nach Möglichkeit selbst die Coiffeurtermine seiner Frau.

Es ist nicht einfach, Vaterschaft und Arbeitslast zu vereinbaren, dachte er. Und erinnerte sich mit einem

Schaudern an seinen früheren Job in Uster, bei dem er einmal eine schmerzhafte Erfahrung gemacht hatte. An einem Montag war seine Simone für eine Weiterbildung im Ausland gewesen und er musste spontan zu Hause bleiben, weil Luisa krank gewesen war. Was zur Folge gehabt hatte, dass er seine für diesen Morgen geplante Sitzungsleitung nicht wahrnehmen konnte. Die Sitzungsteilnehmer reagierten auf seine Absage mit Unverständnis und Häme. Ein echter Mann gehöre nicht ans Krankenbett seines Kindes, lautete eine Aussage aus dem Kollektiv. Das sei Frauensache und von der Mutter zu übernehmen. Und sei die Kindsmutter einmal aus triftigen Gründen verhindert, müsse der Mann halt eine familienexterne Lösung auf die Beine stellen.

Von wegen Gleichberechtigung, hatte Känzig damals gedacht und sich daran erinnert, wie verzweifelt er an jenem Montagmorgen versucht hatte, spontan einen Babysitter aufzutreiben. Vergebens, denn wer sollte schon so kurzfristig an einem Montagmorgen Zeit haben? Auf jeden Fall war ihm die Absenz schließlich als Schwäche ausgelegt worden. Sein Chef entzog ihm dann sogar die Leitung des Projekts. Darüber konnte Känzig auch fünf Jahre später nur ungläubig den Kopf schütteln. Besonders, wenn man bedachte, wie kulant jeder Betrieb jedem Mann mehrwöchige Absenzen gewährte, sobald er im Schweizer Militär Dienst leisten wollte.

Er war nun am Eingang zur Uto-Badi angelangt, passierte das Drehkreuz und schaute sich nach Charlotte um. Unter einem Vordach hinter dem Eingang sammelte ein alter Mann, den Känzig schon oft gesehen hatte, die

Zeitungen ein, die andere Gäste hier gelesen und dann liegen lassen hatten. Hatte er ein vollständiges Exemplar beisammen, las er dieses seinerseits gründlich durch. Das machte er im Stehen und verstopfte so den belebten Durchgang zu den Garderoben. Die meisten Zeitungen waren zerfleddert, viele trugen das Datum von gestern oder vorgestern. Einerlei, der alte Mann legte sie auf den Tisch und strich sie mit der Hand säuberlich glatt. Oft fehlte eine Seite oder ein ganzer Bund. Diese Teile hatte vermutlich jemand mitgenommen, um sie in Ruhe zu Hause zu lesen. Gelang es ihm, ein paar fast komplette Ausgaben zu erstellen, faltete der Mann die Zeitungen mittig zusammen und legte sie so akkurat auf ein Tischchen, als wären es die vom Oberkellner der Kronenhalle mit dem Bügeleisen glatt geplätteten Seiten des *Neuen Tagesblattes*.

Eine Frau, die auch zu den Stammgästen gehörte, beklagte sich beim Bademeister darüber, dass in ihrem Garderobenkästchen der Kleiderbügel fehlte. Gestern sei er noch vorhanden gewesen, was sie mit Bestimmtheit sagen könne, weil sie immer dasselbe Kästchen nehme, falls es frei sei. Die Frau hatte ein Paar dunkel getönter Gläser, die auf ihrer Brille steckten, halb heruntergeklappt, obschon die Sonne gar nicht schien. Dazu trug sie ein weiß-blau-rot gestreiftes Kopftuch und darüber einen cremefarbenen Sonnenhut mit breiter Krempe. Der Bademeister konnte ihr nicht verständlich machen, dass längst nicht alle Kästchen Kleiderbügel hätten und es auch keinerlei Anrecht auf einen solchen gebe. Ebenso bestehe kein Recht darauf, immer dasselbe Schließfach zu nehmen; dieses Privileg stehe einzig den zahlenden Dauermietern zu. Doch die Frau redete weiter lebhaft auf den Badangestellten ein. Dazu knetete sie ihre Finger und stieß vor Aufregung gepresste Laute hervor. Wenig später sah Känzig aus dem Augenwinkel, wie sie vom Bademeister einen Kleiderbügel ausgehändigt bekam, den dieser wahrscheinlich irgendwo aus einem Fundus geholt hatte. Die Frau nahm den Bügel an sich, drückte ihn an die Brust und redete selbst dann noch ohne Punkt und Komma weiter, als der Bademeister mit seinen schmatzenden Flipflops schon längst verschwunden war.

An der Bar angelangt, sah Känzig, dass Charlotte tatsächlich hinter dem Tresen stand. Er grüßte sie aus der Distanz, weil vor ihrem Ausschank viele Gäste Schlange standen. Sie winkte zurück und lächelte. Känzig freute sich.

7

Als er mit dem Badetuch um die Schultern aus der Garderobe kam, hatte sich die Schlange der wartenden Gäste vor Charlottes Bar aufgelöst. Sie räumte Weingläser aus der Spülmaschine, trocknete mit dem Geschirrtuch nach und stellte die blitzblanken Gläser aufs Regal oberhalb der Spüle. Als sie Leo bemerkte, hielt sie mit ihrer Arbeit inne.

»Hallo Leo, schön, dich zu sehen. Heute ist dein freier Tag, oder?«

»Ja, sozusagen. Das heißt, nicht ganz. Am Nachmittag muss ich zu Hause sein, Luisa ist krank. Und am Morgen hatte ich eine Vorladung bei der Polizei. Ich musste in einem Ermittlungsfall eine Aussage machen.«

»Bei der Polizei aussagen? Warum denn das? Bist du mit dem Fahrrad bei Rot über die Bellevue-Kreuzung gerast und geblitzt worden?«

»Nein, schlimmer. Ich bin vermutlich in einen Mordfall hineingeraten, ohne dass ich es gewollt hätte. Und weil ich ein wichtiges Beweisstück in die Hände genommen habe, bin ich in gewisser Weise selbst zum Verdächtigen geworden.«

An den Tresen gelehnt, erzählte Känzig, was in der vergangenen Nacht vorgefallen war. Und dass die Polizei schließlich die DNA-Spuren eines vermissten

Alkoholikers mit den Bluttropfen vom Fundort des Schlüssels abgeglichen hatte.

»Das Blut stammt tatsächlich von diesem Vermissten namens Kurt Hofer.«

Charlotte hatte aufmerksam zugehört, auch wenn sie sich weiterhin um die Spülmaschine gekümmert und da und dort etwas geputzt oder eingeräumt hatte.

»Kurt Hofer, sagst du. Nie gehört. Ist ja auch ein Allerweltsname. Wo lebt er denn?«

»In der Enge. Nicht weit vom Bahnhof entfernt.«

»Und was weiß man über den Mann – außer dass er Alkoholiker sein soll?«

»Nicht viel. Offenbar hat er keinen Job und lebt in den Tag hinein. Man soll ihn oft in der Umgebung des Bahnhofs Enge antreffen, wo er Stammgast eines kleinen Kiosks mit Stehimbiss ist. Und er hat eine empathische Vermieterin, die auf ihn Acht gibt. Sie hat ihn nämlich bei der Polizei als vermisst gemeldet.«

»So weit unverfänglich, oder? Wie ist denn deine Befragung bei der Polizei abgelaufen? Was wollten die wissen?«

Leo Känzig mochte diese nüchterne, analytische Seite an Charlotte. Zwar war es auch genau dieser Charakterzug, der es ihr verunmöglichte, sich Hals über Kopf in einen Mann wie ihn zu verlieben. Doch zugleich besaß sie damit eine Gabe, zügig Klarheit in verworrene Sachverhalte zu bringen. Fiel es ihm zum Beispiel schwer, sich für oder gegen eine Ferienreise zu entscheiden oder ein Geschenk für den Geburtstag seiner Simone auszuwählen, machte ein Austausch mit Charlotte alles klar. Weil sie immer nur von dem ausging, was tatsächlich war.

Und nie von dem, was hätte sein können, künftig eintreten mochte oder früher einmal gewesen war. Knallhart holte sie Leo, der bisweilen zu Träumereien neigte, immer wieder auf den Boden der Realität zurück.

»Die Befragung ist ziemlich mühsam gewesen, muss ich sagen. Dieser Kommissar namens Martin Habegger hat mich richtig in die Mangel genommen. Zum Glück hat eine Passagierin in der Nacht zuvor meine Beobachtung bestätigt. Auch sie hat auf dem Gehsteig einen Mann liegen sehen. Ich müsse mich weiter zur Verfügung halten, sagte Habegger. Wegen der Fingerabdrücke auf dem Schlüssel würde ich potenziell als Verdächtiger gelten.«

»Und das, mein lieber Leo, kannst du als ehemaliger Kripochef von und zu Uster natürlich nicht auf dir sitzen lassen, stimmt's?« Charlotte lachte ihr schelmisches Lachen, bei dem die Kanten ihrer Schneidezähne knapp sichtbar wurden und ihre Augen aufleuchteten. »Du willst alles daransetzen, deine Unschuld zu beweisen und den wahren Tathergang aufzudecken. Wobei wir ja bis jetzt noch gar nichts darüber wissen, was passiert sein könnte. Außer dass eine Schlummermutter einen Clochard als vermisst gemeldet hat, nachdem dieser eine Nacht nicht nach Hause gekommen ist. Und das sei ja gestern nicht zum ersten Mal passiert, wie du mir gesagt hast.«

»Das stimmt. Aber ich kann trotzdem nicht einfach die Hände in den Schoß legen und die Polizei im Dunkeln tappen lassen. Ich merke, dass sie den Hinweisen nicht gründlich genug nachgeht. Auf der Urania-Wache habe ich mitgehört, dass das Corps in extremer Personalnot steckt. Und zwar wegen des Staatsbesuchs von König Charles, der seit Sonntag in Zürich ist und am Mittwoch auf dem Sechseläuteplatz mit viel Pomp offiziell empfangen wird. Das absorbiere seit Tagen die ganzen Einsatzkräfte, wurde mir gesagt. Einem zum wiederholten Male als vermisst gemeldeten Alkoholiker nachzuspüren, kann in einer solchen Lage natürlich keine Priorität haben. Ich werde mich selbst beim Bahnhof Enge umhören und schlau machen. Ich glaube, dass ich als Ermittler genau weiß, wo ich ansetzen kann. Und ich wäre froh, du würdest mich unterstützen. Einen Eiskaffee Maxi würdest du dir damit auf jeden Fall verdienen. Von mir spendiert.«

»Mit Schlagsahne?«

»Mit Schlagsahne.«

Charlotte schmunzelte und willigte ein. Sie trocknete ihre Hände am Geschirrtuch ab, hängte dieses an den Haken und stützte sich mit den Ellbogen auf den Tresen. Vom See her hörte man ein Kursschiff hupen. Zwei Jugendliche stiegen auf den Fünfmeter-Sprungturm und brachten das Sprungbrett durch gemeinsames Hopsen heftig zum Federn. Einer der Jungen hüpfte ganz nach vorn und sprang. Der darauffolgende Aufprall hörte sich nach einer schmerzhaften Landung an. Zuerst gab es ein Geräusch wie wenn ein Boxer im Training mit voller Kraft einen rechten Haken auf den Boxsack knallt. Dann folgte das Zischen und Fauchen des Wassers, das beim Eintauchen hochspediert wurde und wenig später wieder niederplätscherte. So klatschte das Wasser nur, wenn ein Rücken oder ein Gesäß im falschen Winkel darauf geknallt war. Der zweite Jugendliche war inzwischen ebenfalls bis ganz an den Rand des Brettes gerückt. Er blickte in den Abgrund und lachte schadenfreudig zu seinem Kollegen hinunter.

Charlotte sah Leo mit ernstem Blick an. Jetzt wusste er, dass er in der Causa Kurt Hofer eine verlässliche Komplizin gefunden hatte. Charlotte war nicht bloß eine gute Zuhörerin, sie verfügte auch über ein großes Netzwerk an Freundinnen und Bekannten aus ihrer jahrelangen Arbeit in der gehobenen Gastronomie: Baur au Lac, Dolder, Eden au Lac, Kronenhalle, Widder. Und zum Schluss das Alma De Ojo des Künstlers Diego Müller, zugleich Stammgast in der Uto-Badi. Bei ihm hätten sich die Einträge in der Adressliste ihres Smartphones gut verdoppelt, hatte sie Känzig einmal anvertraut. Dank Personen wie Diego Müller kannte sie in Zürich und in der halben Welt Krethi und Plethi. Das musste Leo neidlos anerkennen. Mitunter war er sogar richtig stolz auf die vielen Connections seiner Charlotte.

Dann aber hatte auch sie ihren beruflichen Karriereknick erlebt, gerade wie Leo damals in Uster. Einer der Stammgäste des Alma De Ojo, der schwerreiche Industriellensohn Italo Camenzind, hatte begonnen, ihr Avancen zu machen. War sie an seinem Tisch als Kellnerin eingeteilt, ergriff er ihre Hand und tätschelte sie. Er machte mehr und mehr schlüpfrige Bemerkungen und bedrängte sie am Feierabend, ihn nach Hause an die Goldküste zu begleiten. Charlotte blieb ruhig und besonnen und wehrte alles ab. Camenzind machte unbeeindruckt weiter. Er prahlte vor ihr mit seinem Vermögen und richtete seine Restaurantbesuche mehr und mehr nach ihrem Arbeitsplan aus. Eines Abends vor Weihnachten, als er ein üppiges Mahl mit reichlich Rotwein und Grappa intus hatte, wurde er übergriffig. Als Charlotte ihm die Rechnung überreicht und direkt neben ihm den Betrag mit dem unanständig hohen Trinkgeld in den Kartenleser getippt hatte, packte der Mann sie plötzlich bei der Hüfte und zog sie zu sich heran. Sie wehrte sich nach Kräften, doch er war stärker und schaffte es, sie auf seinen Schoß zu ziehen. Dazu lachte er laut und machte anzügliche Bemerkungen. Und dann küsste er sie auf den Mund. Sie schlug wild um sich und konnte sich schließlich befreien. Sie blieb kerzengerade vor ihm stehen, schaute ihn mit vor Wut funkelnden Augen an und verpasste ihm eine schallende Ohrfeige. Diese Kränkung konnte Junior Camenzind nicht auf sich sitzen lassen. Er ließ all seinen Einfluss spielen und schaffte es, dass Charlotte im Alma De Ojo fristlos entlassen wurde. Mehr noch: Der Gockel fühlte sich in seinem Stolz so gekränkt, dass Charlotte bei allen noblen Adressen Zürichs Hausverbot bekam. Selbst bei jenen, wo sie einmal gearbeitet hatte. Camenzind hatte das gegenüber den Wirtinnen und Hoteliers so begründet, dass Charlotte eine Stalkerin sei und er sich vor ihr schützen müsse. Ein Zusammentreffen mit ihr irgendwo an einer Bar oder in einer Lounge brächte unabsehbare Konsequenzen mit sich.

Gegen eine solche geballte Macht, die auf ererbtem Reichtum fußte, wäre jedes Auflehnen sinnlos gewesen, hatte Charlotte erkennen müssen. Wer nicht seit Geburt dazugehörte, war in diesen Kreisen höchstens geduldet, aber nie gleichwertig. Also kehrte sie der Nobelgastronomie den Rücken und heuerte in der Seebadi Uto als Barchefin an. Dort war sie inzwischen seit vier Jahren, und sie liebte ihren Job. So, wie sie auch ihre Stammgäste liebte. Darunter besonders auch Leo Känzig.

Sie legte das Geschirrtuch weg und versicherte ihm:

»Ich helfe dir auf jeden Fall. Das geht nicht an, dass du zum Verdächtigen gestempelt wirst. Bloß, weil du an einem Ort einen Schlüssel und Blutspuren entdeckt hast, die man später einem Vermissten zuordnet. Finde du selbst etwas heraus über diesen Kurt Hofer. Frag dich herum beim Bahnhof Enge, wo man ihn gekannt haben wird.«

Diesen Tatendrang schätzte Leo an Charlotte. Sie war Pragmatikerin, durch und durch. Ob ein Zug Verspätung hatte, mitten im Winter die Heizung ausfiel oder eine schwere Grippe ihre Urlaubspläne durchkreuzte: Sie nahm es an und machte immer das Beste daraus. Er aber konnte sich schon aufregen, wenn am Sechseläuten sein Lieblingssportgeschäft geschlossen blieb, ohne eine Ankündigung ins Netz zu stellen, und er umsonst dahingeradelt war.

Nach dem Gespräch mit Charlotte schritt Känzig gemächlich dem Holzsteg zu, der ins Wasser führte, und sprang. Siebzehn Grad betrug die Wassertemperatur, was den meisten Komfortschwimmern, wie die Kälteschwimmer die »Normalos« scherzhaft nannten, bereits zu kühl war. Er als geübter Kaltbader hingegen schaffte es, selbst dann ruhig Blut zu bewahren, wenn er in Wasser eintauchte, auf dem sich bereits Eis gebildet hatte. Dieses musste er mit den Fersen zuerst durchstoßen, bevor er überhaupt hineinkonnte. Das funktionierte nur, weil er es verinnerlicht hatte, das Wasser als Element zu spüren, das ihn und seinen Körper wohlwollend und in vollkommener Weise umfasste. Es war nicht sein Feind, selbst wenn es am ganzen Körper stechende Schmerzen hinterließ. Es war vielmehr das Medium, das es ihm ermöglichte, seinen Leib von der Fußspitze bis zum Kinn intensiv wahrzunehmen. Den Kopf behielt er immer außerhalb des Wassers und bedeckte ihn mit einer Mütze. Als wäre er Adam, dem der liebe Gott soeben den Lebensatem eingehaucht hatte, stieg er nach jedem Kältebad wie neugeboren wieder aus dem See.

Als er nach einer halben Stunde Schwimmen wieder an Land war, hatte Känzig seine Gedanken fokussiert und bestellte sich bei Charlotte einen Grüntee. Die beiden plauderten noch eine Weile über die Vorzüge von kaltem und warmem Wasser. Dann ging er nach draußen, schloss sein Velo auf und fuhr los.

In wenigen Minuten hatte er die Strecke vom Uto-Bad zum Bahnhof Enge zurückgelegt. Hier kurvten gleichzeitig die Linien 5, 6 und 7 vorbei, was selbst ihm als Trampiloten und geübten Velofahrer eine erhöhte Wachsamkeit abverlangte. Kam hinzu, dass er meistens mit Musik auf den Ohren unterwegs war. Auch jetzt hörte er einen Song, der in jenen Tagen zu seinen Lieblingen gezählt hatte: »Good Times Bad Times« von Led Zeppelin. Vom kraftvollen Sound unterstützt, radelte er über die Kreuzung hinweg und summte die Anfangstakte mit:

»In the days of my youth
I was told what it means to be a man
Now I've reached that age
I've tried to do all those things the best I can
No matter how I try
I find my way to the same old jam«

Als er nach zehn Uhr beim Fundort des Schlüssels angelangt war, stellte er sein Velo an einen Laternenpfosten,
schloss es ab und begann, den Ort bei Tageslicht ab-
zuschreiten. Die Blutspuren waren bis auf winzigste
Partikel verschwunden. Schon wollte er umdrehen und
wieder zu seinem Fahrrad gehen, als er vor sich mehrere eingetrocknete Blutstropfen bemerkte. Sie zogen
sich wie eine Perlenkette in Richtung des Gebäudes, in
dem sich das Bücher Brocky befand. Je näher er zu dessen Eingang kam, desto dichter reihten sich die Perlen
aus roten Tropfen aneinander. Die Spur führte die steile
Treppe hinunter zum Eingang der Bücherstube.

Auf der untersten Stufe blieb Känzig stehen und entnahm dem Schild an der Tür, dass der Laden um halb elf
öffnen würde. Das war in einer Viertelstunde. Also blieb
ihm noch Zeit, sich in der Gegend umzuhören.

Viel war an dieser Ecke nicht zu entdecken, befand er
nach einem ersten Augenschein. Da gab es die Postfiliale,
einen Zahnarzt, eine Fahrschule, ein Bürogebäude. Am
Ende eines Häuserblocks entdeckte er einen kleinen
Kiosk mit Stehimbiss. Diesen würde er aufsuchen und
nach Kurt Hofer fragen.

Die Dame am Tresen war von unbestimmbar fortge-
schrittenem Alter und trug als Kontrast dazu Kleidung,
die sie jugendlicher machen sollte. Die Leggings mit
Zebramuster reichten ihr bis knapp unter die Knie, ihr
Oberkörper wurde von einem übergroßen hellgrauen
Hoodie umhüllt, der aus ihrer Taille und ihrer ganzen
Figur ein Geheimnis machte. Känzig registrierte auch
ihre in diversen Goldtönen gebleichten Haare. Als sie
sich an einem der Stehtischchen eine Slim Zigarette

ansteckte, sah er, dass ihre Fingernägel pink gefärbt waren.

Er räusperte sich und sprach sie an: »Guten Tag, mein Name ist Känzig. Ich hätte eine Frage. Ein Bekannter von mir ist seit gestern verschwunden. Ich mache mir allmählich Sorgen um ihn. Er wohnt nicht weit von hier. Und er hat bestimmt bei Ihnen mal ab und zu ein Bier getrunken. Sagt Ihnen der Name Kurt Hofer etwas?«

Die Kioskfrau blies den Rauch ihrer Zigarette schräg über die Schulter hinweg in den Himmel und schaute Känzig mit ernstem Blick an. Dann holte sie zu einer Antwort aus:

»Aber sicher, der Kurt! Ist Stammgast bei mir. Aber sonst liegen Sie völlig daneben mit Ihrer Beschreibung, mein Guter. Kurt trinkt hier nicht ab und zu ein Bierchen. Nein, er lässt sich hier am Kiosk und anderswo regelmäßig bis ganz oben volllaufen. Die erste Bierdose hört man bei ihm schon aufzischen, wenn ich frühmorgens um acht Uhr noch nicht einmal alle Sonnenschirme aufgespannt habe. Und die letzte macht er leer, wenn er spätnachts vor dem Zubettgehen seine Zahnbürste ins Glas stellt.«

Die Kioskdame rauchte hastig und mit gespreizten Fingern ihre Zigarette zu Ende, drückte den Stummel mit nervösen Bewegungen in einem Plastikaschenbecher aus und steckte sich sogleich die nächste an. Ein Mann erschien und fragte nach einem Rätselheft und dem neuesten Anglerblatt. Das Anglerblatt komme frühestens am Mittwoch, sagte die Verkäuferin und händigte ihm eine Zeitschrift mit Rätseln aus, die dick war wie ein Modekatalog. Der Mann fragte noch, ob er die Toilette benutzen dürfe. Die Frau kassierte ein und nannte ihm gut hörbar den Code für die WC-Tür: »Eins, zwei, drei, vier.« Dann wandte sie sich wieder ihrem Besucher zu:

»Sehen Sie, Kurt ist ein Pegeltrinker. Er braucht Bier und Wein wie unsereins das Leitungswasser. Je weiter der Nachmittag fortgeschritten ist, desto mehr kommen noch die härteren Sachen dazu. Er kauft immer die kleinen Fläschchen mit Jägermeister, Obstler, Rum und weiß ich was. Damit gibt er sich den Rest. Ich habe ihm dann nichts mehr verkauft. Hätte ich auch gar nicht dürfen, wegen dem Gesetz. Aber er holt sich die Ware irgendwo und ist einfach froh, hier am Tischchen zu stehen und ein bisschen Gesellschaft zu haben. Gestern ist er auch hier gewesen, bis zum Feierabend um sieben. Und jetzt wird er vermisst?«

»Ja, genau. Weil ihm im Suff immer etwas passieren kann, hat er mit seiner Vermieterin ein Abkommen. Sie soll sofort Alarm schlagen, falls er einmal über Nacht nicht nach Hause findet. Das hat die Dame gemacht, und nun sucht ihn die Polizei. Wissen Sie denn, was Kurt Hofer sonst noch so tut, außer seinen Alkoholpegel zu stabilisieren?«

»Der geht da drüben im Bücher Brocky ein und aus. Das ist fast seine zweite Heimat, würde ich sagen. Da hat er sogar ein Schließfach für sich und sein Zeugs.«

Känzig zuckte unmerklich zusammen. Kurt Hofer hatte im Bücher Brocky ein Schließfach! Der ominöse Schlüssel musste zu diesem gehören. Das würde er sogleich abklären, das Brocky sollte nun geöffnet sein. Zwar würde er das Fach nicht öffnen können, weil der Schlüssel ja auf der Polizeiwache lag. Aber er würde die

Angestellten ausfragen können und hoffentlich mehr erfahren über den mysteriösen Besitzer des Schließfachs.

Mit einem Gruß verabschiedete er sich von der Kioskdame, die nun hinter dem Tresen stand und ihren Stammkunden Becherkaffee und Büchsenbier aushändigte. Zügig schritt er den Gehsteig entlang zurück zum Bücher Brocky und vergewisserte sich beim Treppenabgang, dass es auf den abgetretenen Stufen tatsächlich Blutspuren gab. Doch, seine Beobachtung war korrekt gewesen: Die Treppe war mit rotbraunen Spritzern versehen, als hätte jemand in einer Studenten-WG eine Bolognese gekocht und es anschließend unterlassen, den Herd sauber zu wischen. Er öffnete die Tür, trat ein und sah sogleich, dass die Blutspur direkt nach der Schwelle abrupt endete.

Hier hat jemand geputzt, war sein spontaner Gedanken. Verstärkt wurde dieser Eindruck durch den leichten Geruch nach Javelwasser und Zitrone, der in der Luft lag.

Noch stärker aber nahm er das Odeur dessen wahr, was hier im Brocky die Hauptrolle spielte: Bücher. Er selbst liebte Bücher, immerhin hatte er vor seiner Karriere als Polizist ein Studium in Germanistik und Geschichte abgeschlossen. Am meisten mochte er Romane von Schweizer Autorinnen und Autoren, aber es stand auch Literatur aus Deutschland, Frankreich, Großbritannien, den nordischen Ländern und Übersee in seinem Regal. Hier im Brocky war er auch schon mehrfach gewesen und hatte jedes Mal ein paar Schätze gehoben. Manche der hier versammelten Bücher hatten bewegte Lebensgeschichten hinter sich. Sie zeigten Risse und Stauchungen auf dem Einband, bargen Eselsohren und Bleistiftmarkierungen im Innern. Andere waren nagelneu, befanden sich noch eingeschweißt in der Plastikhülle. Diese Bücher lösten Känzigs Mitleid aus. Ihnen war draußen kein normales Leben vergönnt gewesen. Nie hatten sie in einem bildungsbürgerlichen Bücherregal stehen können. Oder sich griffbereit auf dem Salontisch eines Yuppie-Paares präsentieren dürfen. Ihr Schicksal hatte sie direkt und ohne Umschweife von der Produktion in die Liquidation geführt. Die anderen Bücher hingegen hatten ihre Leserschaft gefunden gehabt. Sie waren als Gute-Nacht-Lektüre von Mütterhänden gehalten und vorgelesen worden. Sie hatten Rucksäcke von Gymnasiastinnen beschwert und Badetaschen von Urlaubern gefüllt. Manche waren an einer Lesung vor andächtig lauschendem Publikum hervorgeholt und vom Autor persönlich oder von einer Sprecherin öffentlich vorgetragen worden. Andere waren am See, am Fluss, vielleicht sogar am Ozean trotz brennender Sonne und heftigem Wind gelesen worden.

Und diese Bücher verströmen immer noch Feuchtigkeit und Meeresbrise, befand Känzig. Deshalb roch es muffig in den Regalen, zwischen denen er auf- und abging. Ähnlich roch es auch in den Läden mit Secondhandkleidern, die er ebenso oft aufsuchte. Dort kam manchmal noch das Odeur von nass gewordenem Fell, abgestandenem Schweiß und Mottenpulver hinzu.

Beim Durchqueren der Regale schielte er mit einem Auge auf die Buchrücken und versuchte, die vielen Titel zu entziffern. Dafür musste er seinen Kopf um etwa

45 Grad abwinkeln, was ihm eine sonderbare Haltung und bald auch Nackenschmerzen verlieh. Insgeheim hoffte er, ein Schnäppchen zu erstehen. Unter G fiel ihm eine Ausgabe von *Der Chinese* von Friedrich Glauser auf. Diesen Kriminalroman hatte er mehrfach gelesen und besaß ein Exemplar zu Hause. Obschon das Werk fast neunzig Jahre alt war, hatte es inhaltlich und stilistisch kein bisschen Staub angesetzt. Känzigblätterte zum Anfang des Buches und las sich halblaut die ersten Sätze daraus vor:

»Studer stellte das Gas ab, stieg ab von seinem Motorrad und wunderte sich über die plötzliche Stille, die von allen Seiten auf ihn eindrang. Aus dem Nebel, der filzig und gelb und fett war wie ungewaschene Wolle, tauchten Mauern auf, die roten Ziegel eines Hausdaches leuchteten.«

Ergriffen stellte er das Buch wieder ins Regal. Unweit von Glauser, bei Buchstabe K, stieß er auf *Die unerträgliche Leichtigkeit des Seins* des kürzlich verstorbenen Milan Kundera. Dieses Meisterwerk, neben vielen weiteren, hatte Känzig bereits als Jugendlicher verschlungen.

Ich würde es gern wieder einmal lesen, dachte er. Aber er hatte sein Exemplar damals seiner Freundin ausgeliehen mit der Bitte, es nach der Lektüre zurückzugeben. Doch die Liebe zur Tochter seines damaligen Schuldirektors, der zu seinem Leidwesen auch sein Lehrer in seinen Problemfächern Mathematik und Geometrie gewesen war, hielt weniger lange an, als es brauchte, das Werk des tschechischen Schriftstellers zu lesen. So hatte er weder die Direktorentochter noch Kunderas Büchlein jemals wiedergesehen.

Zum Bücherkaufen bin ich eigentlich nicht hergekommen, besann sich Känzig plötzlich. Er wollte doch alles über Kurt Hofer in Erfahrung bringen.

8

Er schlenderte aus den Regalreihen hervor und begab sich auf die Suche nach dem Ort, an dem sich die Schließfächer befanden. Er ging zur Eingangstür zurück und spähte in den Flur, der ebenfalls bis zur Decke mit Druckwaren aller Art vollgestopft war. Dort, zuhinterst im Korridor, erblickte er sie: die Batterie der Schließfächer. Es handelte sich um einen massiven Stahlkorpus mit einer Zwanzigerschaft mittelgroßer Fächer, deren Törchen aus verzinktem Lochblech bestanden. Die Fächer waren durchnummeriert. Gebannt blickte Känzig auf Fach Nummer 1 ganz oben. Es war abgeschlossen, wie nicht anders zu erwarten. Der Schlüssel fehlte. Alle anderen Fächer waren zu dieser frühen Tageszeit noch frei. An jedem der Schlüssel hing genau der gleiche lange Holzstab mit der Nummernplakette wie beim Schlüssel, den er beim Bahnhof Enge gefunden hatte.

Ein Mann mit sandbraunen Hosen, einem hellblauen Kurzarmhemd und einem dunkelblauen, gemusterten Pullunder stand im Flur neben den Schließfächern. Er schien der erste Kunde dieses Morgens zu sein. An den Füßen trug er mausgraue Filzpantoffeln, vermutlich wohnte er ganz in der Nähe. Die grauen Haare standen ihm wirr vom Kopf ab. An seinem rechten Handgelenk baumelte eine Plastiktasche, die mit Lesestoff gefüllt schien. Die Tasche war so schwer, dass sich ihre dünnen Henkel scharf in die Haut seines Unterarms eindrückten. Dort hatten sich rote Striemen gebildet.

Der Mann hatte sich im Flur des Brocky bei den Stapeln mit den japanischen Mangas postiert und hob in Ruhe ein Heft nach dem anderen von dem größten Stoß ab. Er betrachtete jedes Heft und legte es dann auf einen anderen Stapel. Dann und wann nahm er eine weiße Karteikarte aus der Gesäßtasche. Sie war mit Zahlen und Buchstaben übersät. Er verglich die Angaben auf der Karte mit jenen auf den Titelblättern. Fand er ein Heft, das in der Kartei noch fehlte, legte er es mit einem scheuen Lächeln auf einen dritten Stapel. Das Heft, das er nun in der Hand hielt, fesselte ihn so stark, dass ihm ein dünner Speichelfaden aus dem Mund tropfte. Der Speichel fiel auf seinen rechten Filzpantoffel und hinterließ dort einen kleinen dunklen Fleck.

Leo Känzig ging zurück ins Ladenlokal und näherte sich dem Kassenbereich, wo sich zwei Angestellte bei einem Becher Kaffee unterhielten und nebenbei eine Kundin bedienten. An der gewölbten Decke, die von zahlreichen Pfosten gestützt wurde, surrten Neonleuchten. Der Raum war bis auf den letzten Zentimeter vollbepackt mit Büchern, Atlanten, Magazinen, Schallplatten, Bildbänden, Reiseführern, Kunstdrucken, Antiquitäten, Zeitschriften und vieles mehr.

Eine Kundin trat ins Geschäft, blieb aber vorn an der Kasse stehen. Sie gehörte zu jenen, die Ware nicht mitnahmen, sondern ablieferten, beobachtete Känzig. Vier randvolle Migros-Taschen hatte sie abzugeben. Damit befeuerte sie den in diesen Räumen immerwährend zirkulierenden Kreislauf des Bringens und Holens von Drucksachen.

Nachdem sich die Frau verabschiedet hatte, ohne auch nur ein einziges Büchlein gekauft zu haben, trat Känzig auf die beiden Verkäufer zu. Der eine war vom Typus ewiger Student, trug verwaschene Jeans, ein Leinenhemd mit Batikmuster, einen wenig gepflegten Vollbart und lockiges Haar mit grauen Strähnen. Der andere glich eher einem Assistenzprofessor für Philosophie und Altphilologie. Er war etwas jünger, trug Schwarz von den Lederschuhen bis zum Rollkragenpullover und setzte mit einer übergroßen Nickelbrille einen Akzent, den er mit seinen schütteren Haaren nicht mehr zu setzen vermochte.

Der Batik-Studi und der Philo-Prof, dachte Känzig amüsiert, die geben ja ein lustiges Pärchen ab. Der Batik-Studi ist bestimmt für Belletristik und alles Schöngeistige zuständig, der Philo-Prof dürfte das Anspruchsvolle und Abartige unter seinen Fittichen haben.

»Guten Tag, die Herren. Mein Name ist Leo Känzig, ich bin Tramfahrer oder besser: Trampilot, wie es in Zürich heißt. Gestern nach Mitternacht bin ich genau hier draußen mit dem letzten Siebner unterwegs gewesen. Wie ich zum Bahnhof Enge gekommen bin, habe ich vor dem Brocky einen Mann auf dem Boden liegen sehen. Ich habe angehalten und nachgeschaut – aber nichts mehr gefunden. Außer ein paar Blutspuren und einem Schlüssel mit hölzernem Anhänger. Der hat exakt so ausgesehen wie die Anhänger, die hier für die Schließfächer in Gebrauch sind. Der Schlüssel von gestern Nacht hat die Nummer 1 getragen. Und genau diese

Nummer fehlt hier heute, habe ich gesehen. Können Sie mir sagen, wem das Schließfach Nummer 1 gehört?«

Der Batik-Studi und der Philo-Prof schauten sich schweigend an. Der Student legte das Buch beiseite, das er in den Händen hielt. Es war wohl von der Frau von vorhin mitgebracht worden, denn ihre vier Taschen standen direkt vor ihm. Es handelte sich um das *Blutbuch* von Kim de l'Horizon, wie Känzig aus dem Augenwinkel wahrnahm. Er wunderte sich, warum jemand diesen noch recht neuen, preisgekrönten Bestseller bereits wieder loswerden wollte. War das Buch nicht so gut angekommen? Oder war einfach der Platz im Regal zu knapp geworden? Dabei war es doch so, dass im Literaturbetrieb kein fundiertes Urteil über ein neues Talent möglich war, bevor dieses nicht mindestens seinen Zweitling veröffentlicht hatte. Sollte auch dem zweiten Buch Erfolg beschieden sein, könnte sich die schreibende Person mit Fug Chancen auf einen Platz im belletristischen Olymp ausrechnen. Dann wäre es ein Jammer, hätte man den Erstling bereits wieder entsorgt. Besser, man hätte ihn zu Hause an prominenter Stelle im Regal stehen und reihte daneben das Nachfolgewerk ein. Säße Besuch in der Stube und käme das Gespräch auf diesen Schriftsteller oder jene Autorin, könnte man in nonchalanter Weise die beiden Bücher vom Tablar holen und versichern, man habe schon beim Erstling sofort gewusst, was da für eine große literarische Stimme heranwachse. Das ließe sich aber kaum glaubwürdig behaupten, hätte man das Debütwerk in der Migros-Tasche zum Ramschladen gebracht.

Känzig gingen einige Bücher durch den Kopf, die wie

in der Musik ein One-Hit-Wonder geblieben waren. Nachdem der amerikanische Autor J. D. Salinger 1951 *Der Fänger im Roggen* publiziert hatte, war von ihm bis zu seinem Tode 2010 einfach nichts mehr erschienen. Obschon das Buch ein Welterfolg geworden war mit zahlreichen Übersetzungen. Harper Lee hatte *Wer die Nachtigall stört* geschrieben und dafür den Pulitzer-Preis gewonnen – danach war es völlig still um sie geworden. Und sogar der große Oscar Wilde hatte mit *Das Bildnis des Dorian Grey* nur einen einzigen Roman zustande gebracht. Mit 288 Seiten bei Diogenes kein Leichtgewicht und unzählige Male übersetzt. Zwar waren seine Gedichte, Erzählungen, Märchen und Bühnenstücke auch respektabel gewesen, aber für einen Platz im Pantheon der Belletristik hätte er einfach noch einen Romanzweitling von Format nachliefern müssen. Diese Chance sollte man Kim de L'Horizon nicht fahrlässig nehmen, dachte Känzig und beschloss, das *Blutbuch* später zu kaufen.

Der schwarz gekleidete Philosoph war an der Kasse beschäftigt. Er bündelte Papiere, vermutlich Rechnungen, und legte sie auf einen Stapel. Dann blickte er Leo Känzig in die Augen und sagte misstrauisch:

»Lieber Herr Känzig, Sie möchten Erkundigungen einholen über unser Schließfachsystem. Mit welcher Legitimation bitte schön? Sind Sie vielleicht Polizist?«

Obwohl Känzig mit dieser Frage hätte rechnen müssen, war er nicht auf sie vorbereitet gewesen und hielt keine pfannenfertige Antwort parat.

»Ich, eh, bin Privatdetektiv«, stammelte er, »und kläre das Verschwinden eines Mannes auf, der oft hier verkehrt haben soll. Vieles deutet darauf hin, dass er der Inhaber Ihres Schließfachs Nummer 1 sein könnte. Sein Name ist Kurt Hofer.«

Als sie den Namen hörten, blickten sich der Student und der Philosoph vielsagend an. Letzterer antwortete:

»Kurt ist hier bekannt, ja. Seit vielen Jahren mietet er das Schließfach, und er ist praktisch jeden Tag da. Ist ein armer Kerl, hatte irgendwann einen bösen Absturz und ist dann immer einsamer geworden. Je kleiner sein soziales Umfeld wurde, desto größer wurde sein Durst. Dabei ist er nicht dumm. Er ist unglaublich belesen. Zeitgeschichte ist sein Spezialgebiet. Er kennt sich fundiert mit der internationalen und schweizerischen Wirtschafts- und Sozialgeschichte des gesamten neunzehnten Jahrhunderts aus.«

»Und des zwanzigsten Jahrhunderts ebenfalls«, ergänzte der Student.

»Und sein Schließfach? Könnte man es öffnen?«, fragte Känzig.

»Die Schließfächer betreut unser Hauswart, Diego Cruz«, antwortete der Philosoph. »Er wohnt hier in der Liegenschaft, in der Dachwohnung. Sein Depot und Büro befinden sich ganz unten im Keller, bei den Lagerräumen. Soll ich Sie zu ihm führen? Soviel ich weiß, gibt es fürs Fach Nummer 1 jedoch eine spezielle Abmachung. Details kenne ich aber nicht.«

Känzig nickte dankbar. Der Philosoph drückte sich hinter dem Batik-Studenten durch, am engen Kassenkorpus vorbei und schob sich an Wühltischen und Kartons mit Ramschware entlang. Er stieg über gestapelte Bananenkisten und umschiffte absturzgefährdete

Bücherstapel. Känzig wiederum nutzte die Zeit, dem Batik-Studenten das *Blutbuch* abzukaufen. Er wolle De l'Horizon keine Steine in den Weg legen und sei gespannt auf den Zweitling, begründete er seinen Kaufentscheid. Das Werk wechselte für zehn Franken den Besitzer. Es wanderte in Känzigs Rucksack und kehrte damit vom literarischen Abstellgleis zurück in die reale Welt des Lesens und Gelesen-Werdens.

Nun war der Philosoph zur Stelle, um Känzig zum Hausmeister zu bringen. Er ging voraus und schlüpfte durch den hohen, bogenförmigen Türrahmen, dessen Tür fehlte. Er zweigte rechts ab und durchschritt den langen Korridor, in dem sich links wie rechts Regale mit Zeitschriften fast bis zur Decke erhoben. Neben der Wand mit den Schließfächern befand sich eine unscheinbare Tür, die der Philosoph mit einem Schlüssel öffnete. Als sie offen stand, bat er Känzig, den Weg zum Hausmeister umsichtig unter die Füße zu nehmen.

Känzig nutzte die Gelegenheit, das Gespräch mit dem Brocky-Verkäufer zu vertiefen. Es kann nichts schaden, sich hier einen Vertrauten zu schaffen, dachte er.

»Mein Name ist wie gesagt Känzig, Leo Känzig. Von mir aus können wir uns duzen. Mit wem habe ich die Ehre?«

Der Philosoph hielt inne und schaute auf seinen Schlüsselbund, der so viele Schlüssel zählte, als gehörte er dem Chefconcierge des Vatikans. Dann ließ er den schweren Bund in seine ausgebeulte rechte Jackentasche gleiten und sah Känzig mit offenem Blick an.

»Konrad Lüscher heiße ich, also einfach Konrad. Angenehm.«

Er reichte Känzig die Hand. Dieser ergriff sie mit einem Lächeln und richtete eine Frage an seinen Begleiter: »Du hast gesagt, beim Schließfach Nummer 1 bestehe eine besondere Abmachung. Um was geht es denn?«

»Im Detail weiß ich es nicht. Mir wurde nur gesagt, das Fach sei als einziges dauervermietet. Alle anderen müssen jeden Abend geleert werden. Die Schlüssel bleiben stecken, die Türchen bleiben offen. Am nächsten Tag kann irgendjemand jedes beliebige Fach für sich belegen. Außer eben das Fach Nummer 1, das Kurt Hofer fix zugeteilt worden ist. Wobei ich mehrfach gesehen habe, dass noch eine zweite Person dasselbe Schließfach nutzt und ebenfalls einen Schlüssel dafür besitzt. Ein älterer, schick gekleideter Herr taucht manchmal auf und macht sich an Hofers Fach zu schaffen. Weshalb und wie und warum, weiß ich nicht. Das wird unserem Hauswart Diego bekannt sein.«

Känzig stutzte. Wer war der zweite Benutzer des Faches, der mysteriöse ältere Herr? Dann wurde er von Konrad Lüscher zur Rede gestellt:

»Weißt du, Leo, irgendwie kommt mir das suspekt vor. Da steckt doch mehr dahinter. Du siehst spätnachts, wie ein Mann auf dem Gehsteig liegt. Dann gehst du hin, und er ist weg. Du findest Blutspuren und einen Schließfachschlüssel, den die Polizei beschlagnahmt. Warum schnüffelst du jetzt hier herum? Das müsste doch die Polizei tun.«

»Müsste sie, tut sie aber nicht«, antwortete Känzig. »Sie ist vollkommen absorbiert mit dem Staatsbesuch von King Charles am Mittwoch und begnügt sich bis dahin damit, eine Vermisstenanzeige aufzugeben und abzuwarten, welche Hinweise eingehen. Außerdem ist Kurt Hofer für die ein kleiner Fisch. Er ist schon mehrfach vermisst gemeldet worden, aber noch jedes Mal wiederaufgetaucht. Ich war selbst einmal Polizist, in Uster, viele Jahre lang. Ich weiß, wovon ich spreche. Ich bin suspendiert worden, gerade weil ich es nicht ausgehalten habe, bei den Ermittlungen immer nur die offiziellen Trampelpfade einzuschlagen. Ich bin das kreativer angegangen. Ich habe mal hier eine Abhörwanze platziert und mal dort ein Videoauge installiert. Wenn es hart auf hart gegangen ist, halt auch einmal ohne den Segen der Richter. Das hat mir am Ende das Genick gebrochen. Ich habe den Dienst quittieren müssen. Und jetzt hat mich die Zürcher Polizei auf dem Radar. Wegen Kurt Hofers Schließfachschlüssel, den ich aufgehoben habe. Darauf sind meine Fingerabdrücke so leicht zu finden wie die Romane von Paulo Coelho im Bücher Brocky.«

Konrad und Leo schmunzelten. Tatsächlich war das Regal mit Belletristik zum Buchstaben C und besonders auch das Abteil mit den Werken Coelhos immer gut gefüllt. Da gab es den Vielschreiber Alex Capus mit seinen über zwanzig Romanen von *Léon und Louise* bis *Der König von Olten*. Oder es gab die Marathonschreiberin Federica de Cesco mit ihren über sechzig Jugendbüchern und Erwachsenenromanen, die Titel trugen wie *Silbermuschel*, *Feuerfrau* oder *Die Augen des Schmetterlings*. Zu Paulo Coelho pflegte Leo Känzig eine besondere Beziehung. Er hasste ihn innigst! Dessen Buch *Der Alchimist* hatte es tatsächlich fertiggebracht, seine damalige Lebenspartnerin Iris über Nacht zum Abbruch der gemeinsamen Beziehung zu verblenden. Kaum war das Büchlein Anfang der neunziger Jahre bei Diogenes auf Deutsch erschienen, hatte es die gute Iris in einem Zug verschlungen und war anderntags wie ein anderer Mensch zum vereinbarten Rendezvous gekommen. Statt mit ihm wie gewohnt ein Vollmondbier zu trinken, hatte sie nichts anderes gewollt, als ihr Leben auf den Kopf zu stellen. Nochmals ganz von vorn anfangen. Die Prioritäten neu setzen. Die Gewohnheiten aufbrechen. Der Komfortzone entsteigen. Den goldenen Käfig verlassen. Sie war völlig vereinnahmt gewesen von Coelhos Hauptfigur, dem andalusischen Hammelhirten Santiago. Dieser hatte von einem Schatz am Fuße der Pyramiden geträumt. Zunächst hatte er Angst gehabt davor, alles hinter sich zu lassen und ins Unbekannte aufzubrechen. Aber, wie hätte es anders sein können, sein Mut sollte tausendfach belohnt werden. »Er findet in der Stille der Wüste zu sich selbst und erkennt, dass das Leben Schätze bereithält, die nicht mit Gold aufzuwiegen sind«, posaunte dazu der Klappentext, den Känzig im Regal mit den Romanen des Brasilianers aufgeschlagen hatte. Unzählige andere Fetzen aus dem Alchimisten sollten über die Jahre den Weg auf Postkarten finden: »Wir verstehen erst dann komplett das Wunder des Lebens, wenn wir dem Unerwarteten erlauben, zu passieren«, war so einer. Wieder anderes gelangte millionenfach auf Abrisskalender: »Sag Deinem Herzen, dass die Angst des Leidens größer ist als das Leiden selbst.«

»Ja, ja.« Känzig seufzte. Das alles hatte sich Iris damals wortwörtlich zu Herzen genommen gehabt. Und den guten Leo von heute auf morgen sitzen lassen. Mit einer großen Portion Liebeskummer. Und einem Groll auf den brasilianischen Romancier, der bis heute nicht verraucht war.

Konrad Lüscher holte ihn aus seinen Träumen: »Jetzt beginnt der spannende Teil unserer Exkursion. In etwa vergleichbar mit der Reise des Alchimisten zu den Pyramiden. Der Keller ist dunkel und ziemlich feucht. Und es gibt überall Bücherkisten, die umfallen könnten, falls man daran stößt.«

Lüscher knipste einen Lichtschalter an. Eine nackte Glühbirne, die mit Staub und Spinnfäden umwoben war, warf ein schwaches Licht auf ein schmales, steiles Treppenhaus. Beidseits waren weiße Steinmauern mit brüchigem Kalkverputz zu erkennen. Die Wände wie die Treppenstufen glänzten feucht. Es roch nach Moder, Kanalisation, Mäusekot und nassem Papier. Lüscher ging voran. Er bedeutete Känzig mit einer Handbewegung, gut auf die Stufen zu achten. Diese waren schief und abgetreten. Am Ende der Treppe wurde der Gang breiter. Wobei es rechts und links mächtige Stapel mit Umzugskisten und Regalen voller Bücher und Zeitschriften gab. Die beiden Männer fanden nur hintereinander Platz, um den Flur zu passieren. An dessen Ende befand sich eine abgeschabte Holztür mit einem Milchglasfensterchen. Durch dieses Fenster schimmerte Licht. Also war vermutlich jemand im Innern des Raumes.

»Hier ist das Büro unseres Hausmeisters, Diego Cruz«, sagte Konrad Lüscher.

Er klopfte an, wartete. Nach einer Weile klopfte er erneut, ergriff die Türklinke und rief dazu den Namen des Abwarts. »Diego! Bist du da?« Er drückte die Klinke. Die Tür ging nicht auf, sie musste von innen verschlossen sein. Lüscher klopfte ein weiteres Mal, diesmal kräftiger.

Da klickte das Schloss und die Tür öffnete sich. Unter dem Rahmen stand ein kleiner Mann mit rundlicher, untersetzter Postur. Er hatte eine ausgeprägte Halbglatze und wirkte dadurch wie ein Mönch. Seine Wangen und Ohren waren gerötet, auf der Stirn perlten Schweißtropfen. Er trug einen Wollpullover in den Farben Braun, Olive und Bordeaux, dessen Karomuster an eine Picknickdecke aus den Beständen von Queen Elisabeth erinnerte. Zudem hatte er eine braune Cordhose und mit Fransen verzierte Mokassins an. Hinter ihm erkannte Känzig einen Schreibtisch. Darauf brannte eine formschöne Bauhaus-Lampe mit Blechschirm und verchromtem Schwanenhals. Ansonsten lag der Raum gänzlich im Halbdunkeln. Wobei Känzig trotzdem auffiel, dass an den Wänden mehrere Kruzifixe hingen. Das Streulicht der Bürolampe ließ deren Umrisse schwach aufschimmern. Außerdem schien es ihm, auf dem Schreibtisch flackere ein Kerzchen vor einem länglichen Gegenstand, der aussah wie eine Madonnenfigur.

9

Hausmeister Diego Cruz trat mit beiden Füßen auf die erhöhte Türschwelle, als könnte er so den Größenunterschied zu den beiden schlanken, hochgewachsenen Männern verringern. Dann öffnete er erstmals den Mund. Heraus kam ein dünnes Stimmchen, dessen einzelne Worte zwar deutsch klangen, wegen des starken spanischen Akzents aber eher so tönten, als würden sie von einem DJ an einem Plattenspieler mit kräftigen Handbewegungen hin und her gescratcht.

»Konrad? Was gibt's? Ist was los oben? Muss ich etwas wegputzen oder aufräumen?«

»Nein, Diego, es gibt nichts zu reinigen oder zu erledigen. Aber mein Kollege hier, Leo Känzig, hat ein paar Fragen an dich. Es geht um das Schließfach von Kurt, du weißt schon, Kurt Hofer. Er hat ja die Nummer 1, schon lange. Und jetzt wird der gute Kurt vermisst. Seit gestern weiß man nicht, wo er steckt. Da wollten wir eben fragen, ob man sein Fach aufschließen könnte. Du hast doch bestimmt einen Reserveschlüssel, nicht wahr?«

»Nein, ich habe keinen. Den Zweitschlüssel hat eine Vertrauensperson von Kurt Hofer. Wer genau das ist, weiß ich aber nicht.«

»Und wann hast du Kurt Hofer zum letzten Mal gesehen?«

Nach dieser Frage verstummte Diego Cruz wie vom

Blitz getroffen. Er geriet auf der Türschwelle ins Wippen wie ein Boxer im Ring, der vom Gegner soeben ungedeckt einen rechten Haken kassiert hatte. Passend dazu ballte er die Hände zu Fäusten und drückte sie fest an die Oberschenkel. Den Kopf hielt er gesenkt. Den Blick schien er auf die Spitzen seiner Fransenschuhe gerichtet zu haben. Känzig fürchtete, Cruz könnte jeden Augenblick nach vorn oder hinten kippen. Da hob dieser seinen Kopf wieder in die Waagrechte und ließ sein Stimmchen ertönen.

»Lieber Konrad, lieber Herr Känzig, ich kann alles erklären. Gott der Allmächtige und Barmherzige weiß, dass ich alles versucht habe, unseren Bruder Kurt zu retten. Jeden Tag habe ich ihn in meine Fürbitten geschlossen, habe für ihn Rosenkränze gebetet und unserer Jungfrau Maria Kerzen geopfert. Aber wir wissen alle, wie stark die Dämonen sind, wenn einer erst einmal zum Trinker geworden ist. Kurt war ein starker Trinker. Er sah im Alkohol seine einzige noch verbleibende Lebensfreude.«

»Warum denkst du, hat er mit dem Trinken angefangen«, wollte Konrad Lüscher wissen.

»Er ist ein Waisenkind. Offenbar hat er früh die Eltern verloren. Und er ließ sich völlig aus der Bahn werfen, als er seine Arbeit als Dokumentalist beim *Neuen Tagesblatt* verlor. Umstrukturierung, Personalabbau – betroffen waren wie immer die Schwächsten. Kurt hat ein unglaublich großes Wissen. Seine Allgemeinbildung ist verblüffend, seine Kenntnisse insbesondere in Geschichte sind enorm. Aber er hat sich alles selbst beigebracht. Einen Studienabschluss oder auch nur ein

Diplom hat er nie gemacht. Ihm waren Papiere nicht wichtig, aber der fehlende Studienabschluss war letztlich der Grund, weshalb man ihn beim *Tagesblatt* rausgeschmissen hat. Das hat ihm das Herz gebrochen. Eine eigene Familie hat er auch nie gehabt, seine Arbeit war der Ersatz dafür. Er fiel in ein Loch. Ich habe immer versucht, ihn aufzufangen und in die Arme Gottes zu geleiten.«

Beim Ausspruch »in die Arme Gottes« senkte Cruz die Augen wieder zu Boden und bekreuzigte sich. Hinter seinem Rücken schien die Marienfigur stärker zu flackern. Ein leichter Wind zog durch den Keller. Vom Sicherungskasten, der an der Wand direkt neben dem Hauswartsbüro hing, ertönte das Knacken eines Relais, gefolgt vom Rattern einer Zeitschaltuhr. Offenbar hatte jemand im Treppenhaus den Lichtschalter gedrückt oder den Aufzug bestellt, worauf das Sicherungsbord hier unten die Befehle ausführte.

»Unser Diego ist ein glühendes Mitglied einer Freikirche«, sagte Konrad Lüscher mit leicht amüsiertem Unterton zu Känzig. »Die Kirche heißt, glaube ich, Am Siebten Tag Sollst Du Ruhen. Oder so ähnlich.«

»Wir sind die Reformbewegung der Internationalen Missionsgesellschaft der Siebenten-Tags-Adventisten«, antwortete Diego Cruz beflissen. Weil er nicht mehr auf der Türschwelle schwankte, sondern einen Schritt ins Innere des Zimmers gemacht hatte, wagten auch Känzig und Lüscher einzutreten. Cruz wies mit der Hand zum Pult, wo man im Dämmerlicht zwei Stühle und einen Ledersessel ausmachen konnte. Mit einem Stöhnen ließ sich der Hausmeister in den Sessel fallen.

Känzig und Lüscher nahmen auf den Stühlen Platz und blickten sich um. Auf dem Pult stand tatsächlich eine vom Kerzenschein erleuchtete Marienfigur. Die Wände waren voller Devotionalien. Känzig saß einem eindrücklichen Kruzifix gegenüber, das den ans Kreuz Genagelten so plastisch und realistisch zeigte, als wäre er nicht seit über 2 000 Jahren tot, sondern befände sich in eben diesem Augenblick im Todeskampf. Die aufgerissenen Augen quollen aus dem Gesicht hervor, die Brauen kräuselten sich schmerzverzerrt. An den großen Nägeln, die beide Handflächen und beide Füße durchbohrten, hingen dicke Blutstropfen. Blut rann auch von der mächtigen Dornenkrone, die das Haupt des Gottessohns umspannte wie der Strahlenkranz die Freiheitsstatue in New York. Känzig merkte, wie er in dieser morbiden Atmosphäre zu Frösteln begann. Was bei ihm als erfahrenem Kältebader etwas heißen wollte.

»Wir respektieren die Bibel in ihrer Gesamtheit als höchste geistliche Autorität«, erklärte Cruz im Ton eines Wanderpredigers. »Gottes Wort sehen wir als sakrosankt und irrtumslos an. Somit ist auch klar, dass Gott die Welt an sechs Tagen erschaffen und für den siebten Tag absolute Ruhe verordnet hat. Wir verzichten auf fleischliche Genüsse jeder Art und lehnen Alkohol, Tabak und andere Rauschmittel ab. Leider hat unsere Lehre bei Kurt Hofer nicht verfangen. Dabei hätte sie ein gesundes und gefälliges Leben garantiert. Aber das galt nicht für Kurt. Wohler als in der Obhut von Jesus war es ihm in den Spelunken der Langstrasse. Lieber als mit mir den Heiligen Geist anzurufen, hat er sich Hochprozentiges einverleibt. Aber ich hatte Geduld. Viel

Geduld. Ich fühle mich auserwählt, weil Gott mir die Aufgabe zugeteilt hat, mich um Kurt zu kümmern. Und dass es keine leichte Aufgabe sein würde, war mir bewusst. Aber ich habe keine Mühe gescheut.«

»War denn das Schließfach Nummer 1, das Kurt Hofer exklusiv für sich nutzen konnte, ein Teil der göttlichen Hilfe?«, wollte Leo Känzig vom missionierenden Hausmeister wissen.

»Indirekt schon. Kurt lebte in einer Mansarde bei einer Schlummermutter. Dort hatte er keinen Platz für seine gesammelten Bücher und Artikel. Aber das war nur die eine Seite. Die andere war, dass seine lichten Augenblicke, in denen er überhaupt noch einen Text lesen und etwas davon verstehen konnte, immer seltener wurden. Hatte er zu viel getrunken, vergaß er alles. Hätte er in diesem Zustand Bücher oder Zeitschriften vom Brocky nach Hause genommen, hätte er sie unterwegs garantiert verlegt oder verloren. Das Schließfach war in gewisser Weise seine externe Festplatte, wenn man so will.«

»Und können Sie diese Festplatte öffnen? Haben Sie einen Schlüssel?«

»Nein, wie schon erwähnt habe ich keinen mehr. Es gibt auch kein Passepartout. Das Brocky hat mit Kurt Hofer vor vielen Jahren eine spezielle Vereinbarung getroffen. Er sagte uns damals, er brauche den Zweitschlüssel, den es zu jedem Fach gibt, für eine Vertrauensperson, die mit ihm zusammen und in seinem Sinne das Fach bewirtschaften würde. Zuerst haben wir das abgelehnt, aber er hat insistiert. Es war ihm wirklich wichtig, sodass wir schließlich zugestimmt haben. Wir haben vertraglich abgemacht, dass er die zwei existierenden

Schlüssel erhält. Aber damit auch in Kauf nimmt, dass es bei uns für Notfälle keinen Reserveschlüssel mehr geben würde.«

»Wissen Sie, wer diese Vertrauensperson ist? Die Angestellten berichten, es handle sich um einen elegant gekleideten älteren Mann.«

»Mehr weiß ich auch nicht. Ich habe zwar versucht, zu Kurt eine Nähe herzustellen und ihm Gottes Liebe und Marias Demut statt Bier und Schnaps ans Herz zu legen. Aber obschon wir viel diskutiert haben, ist er reserviert geblieben und hat mir wenig Persönliches anvertraut. Wer das Schließfach auch noch benutzt, wollte er mir nicht sagen.«

»Ich frage Sie nochmals: Wann haben Sie Kurt Hofer das letzte Mal gesehen?« Känzig schlug bewusst einen eindringlichen Ton an.

Obschon er nun im Sessel saß, begann Cruz erneut zu taumeln. Wie ein loser Milchzahn, den die Zungenspitze eines Kindes mit sanftem Druck zu einer Hin- und Her-Bewegung bringt, schaukelte er leicht vor und zurück. Dabei schnaufte er flach und gepresst, was jede Yogalehrerin mit der Aufforderung quittiert hätte, unbedingt stärker in den Bauch hinunter zu atmen. Cruz aber ging sogar zu einer Stoßatmung über. Seine Wangen röteten sich wieder, seine Hände zitterten. Mit gepresster Stimme antwortete er:

»Gestern. Also heute. Ich habe ihn heute gesehen, nachdem ich ihn gestern Nacht auf der Straße gefunden hatte. Er lag vor dem Brocky auf dem Gehsteig und blutete. Ich habe ihn hierhergeschleppt und ins Hinterzimmer gelegt, wo ich ungestört für ihn beten konnte.

Wir Siebenten-Tags-Adventisten sind der Schulmedizin gegenüber kritisch eingestellt und nutzen sie nur, wenn es absolut nötig ist. Das gilt auch für Impfungen, man denke nur an Corona. Kurt hatte einfach wieder einmal zu viel getrunken. Ich dachte, er wäre unglücklich gestürzt und hätte sich den Kopf angeschlagen. Ich war überzeugt, dass es ihm wieder besser gehen würde, sobald ich für ihn einen Rosenkranz gebetet und er seinen Rausch ausgeschlafen hätte.«

»Sie haben ihn mit einer ernsten Kopfverletzung einfach hier in den Keller geholt, anstatt die Ambulanz zu holen? Sind Sie noch ganz bei Trost? Und ich wette, Sie haben auch die Blutspuren aufgeputzt, die hinter der Eingangstür in den Keller führten? Bei der Tür zum Brocky enden sie abrupt, wie ich heute Morgen feststellen konnte.«

Diego Cruz nickte stumm. Er machte keine Anstalten mehr, noch etwas zu seiner Entlastung zu sagen. Vom Sicherungskasten her drang wieder ein Klicken und ein Rattern ins Büro.

»Herr Cruz, Sie machen sich verdächtig, Kurt Hofer umgebracht zu haben. Weil er ihrem hartnäckigen Missionierungseifer nicht Folge leisten wollte. Stimmt's? Falls nicht, erzählen Sie uns endlich die ganze Wahrheit. Wo ist Kurt?«

Im Büro des Hausmeisters wurde es still. Der Gipsjesus am Kruzifix blickte noch martialischer von seinen Eichenbalken herab. Das Kerzlein bei der Gütigen Jungfrau flackerte unruhig. Känzig fixierte Cruz mit stechendem Blick. Er wollte sichergehen, dass der Hausmeister nicht mit irgendwelchen Ausflüchten versuchen würde,

104

seinen Hals aus der Schlinge zu ziehen. Doch Cruz blieb still. Statt zu sprechen, erhob er sich traumwandlerisch aus dem Sessel. Lautlos wie einst Winnetou im Unterholz schritt er mit seinen Mokassins an Känzig und Lüscher vorbei. Wie in Trance ging er aus dem Zimmer hinaus. Richtung Flur. Dort, zwischen einem Stapel Umzugskartons und den Rohren der Wasserversorgung, in denen es gurgelte und rauschte, befand sich eine weitere schmale Tür mit einem Milchglasfenster. Auch aus diesem Fensterchen drang ein schwacher Lichtschein. Er und Lüscher sahen sich fragend an, erhoben sich und folgten dem wandelnden Missionar.

Cruz öffnete die zweite Tür und gab den Blick frei auf eine Szenerie, wie sie Salvador Dalí und Federico Fellini mit vereinten Kräften nicht besser hätten arrangieren können. Inmitten eines Meeres von Blumen, die mehrheitlich noch in Plastikhüllen steckten, und beleuchtet von einer Hundertschaft Rechaudkerzen, lag Kurt Hofer aufgebahrt auf einer Pritsche. Die Hände hielt er gefaltet auf dem Bauch, die Augen waren geschlossen. Die Wände zierten Andachtsbilder, Ikonen, Kreuze, Rosenkränze. Eine elektrische Weihnachtskerzengirlande brannte in einer Ecke und tauchte einen geschnitzten Holzengel von der Größe eines Schulkindes in ein goldenes Licht. Weil die Pritsche zu kurz war, ragten Hofers Füße steif über den Rand hinaus.

Känzig stellte fest, dass Hofer das gleiche Modell Mokassins trug wie Cruz. Vermutlich hatte sie der Missionar dem Trinker geschenkt, um ihn mit dem richtigen Schuhwerk auf den richtigen Weg zu lotsen. Weil das alles nicht fruchten wollte, hat Cruz ihn aus persönlich empfundener Kränkung und bitter verweigerter Fürsorge umgebracht, dachte er. Dann hörte er, dass sich Cruz räusperte, ehe er zur Beichte ansetzte.

»Im Namen des Vaters, des Sohnes und des Heiligen Geistes, Amen. Kurt Hofer ist heute früh um 3 Uhr 24 verstorben. Ich war dabei und habe für ihn gebetet. Ich habe ihn gegen Mitternacht auf der Straße liegend angetroffen. Er war völlig betrunken. Ich wollte ihm die Schmach ersparen, von der Polizei aufgegriffen und in die Ausnüchterungszelle gesperrt zu werden. Die Wunde am Kopf habe ich bemerkt, doch sie hatte bereits aufgehört zu bluten. Ich dachte, es wäre das Beste, ihn hier im Keller ausnüchtern zu lassen, dann sähen wir weiter. Niemals hätte ich mir vorstellen können, dass seine Verletzung tödlich verlaufen könnte. Und niemals hätte ich derjenige sein können, der ihm diese Verletzung zugefügt hat.«

»Aber warum in Gottes Namen haben Sie nicht die Ambulanz gerufen?«, fragte Känzig aufgebracht.

»Weil ich Angst hatte. Ich gebe offen zu, was ich noch niemandem je anvertraut habe: Ich war in Kurt Hofer verliebt! Und das, obschon ich eine Frau und zwei Kinder habe, die von alldem nichts wissen. Und es niemals erfahren dürfen. Und auch meine Freikirche darf davon nichts erfahren. Sie lehnt jegliche Homosexualität strikt ab. Auch Kurt hat mich immer abgelehnt. Er hat meine Avancen konsequent ins Leere laufen lassen. Zwar hat er meine Geschenke dann und wann angenommen, wie die teuren Wildlederschuhe, die er trägt. Aber mehr war nicht. Ich schwöre bei Gott dem Vater, dem Sohn und dem Heiligen Geist und bei der Jungfrau Maria, ich habe ihn nicht umgebracht. Und ich habe auch seinen Tod hier im Keller niemals beabsichtigt. Das ist einfach eine schreckliche Fehleinschätzung meinerseits gewesen. Es tut mir so leid.«

Jetzt war es Leo Känzig, der für einen Moment sämtliche Yoga-Ratschläge fallen ließ und in eine hektische Flachatmung verfiel. Das, was er da gehört hatte, war wirklich allerhand. Kurt Hofer war tot, aber Cruz war nicht der Mörder. Obschon ihn Hofer sowohl in Sachen Gottesliebe als auch bezüglich Homosexualität schwer enttäuscht hatte. Wer sonst mochte ein Interesse daran gehabt haben, Kurt Hofer aus dem Weg zu räumen? Und was verbarg sich im Schließfach, das Hofer offenbar mit einem Unbekannten teilte, der den einzigen Zweitschlüssel dazu besaß?

Als Känzig realisierte, dass diese offenen Punkte zweitrangig waren im Vergleich zur drängendsten und weitreichendsten Frage überhaupt, geriet er einen Augenblick lang in eine veritable Schnappatmung. Wie um Himmels willen sollte er der Polizei mitteilen, der leblose Kurt Hofer liege ihm gegenüber im Keller des Bücher Brocky bei Kerzenschein auf einer Pritsche? Und er plaudere derweil mit dem Hausmeister und einem Angestellten des Ladens? Garantiert würde er sich damit bei Kommissar Habegger erneut bis über beide Ohren verdächtig machen.

10

Leo Känzig dachte angestrengt nach. Er hatte sich in eine Lage manövriert, die mit »ungemütlich« etwa gleich viel Untertreibung enthielt wie die legendäre Aussage des US-Präsidenten Bill Clinton zu dessen Marihuana-Konsum: *I didn't inhale!* Der Zürcher Kommissar Habegger hatte ihn auf dem Radar. Seine Fingerabdrücke zierten den mysteriösen Schlüssel zum Schließfach, das dem vermissten Kurt Hofer gehörte. Der Vermisste lag tot neben ihm im Keller. Und die Polizei wusste noch von nichts, konnte ihm aber jederzeit auf die Schliche kommen. Seine ausgedehnten Erkundigungen im Umfeld Hofers konnten mit Fug als Behinderung der Justiz ausgelegt werden und ihm eine Verurteilung einbringen. Er konnte auch nicht einfach zur Wache spazieren und den Schlüssel zu Hofers Schließfach verlangen. Warum sollte ihm jemand den Schlüssel herausgeben? Sie würden ihm einen Vogel zeigen und auf der Stelle eine Patrouille zum Brocky beordern. Diese würde mit dem beschlagnahmten Schlüssel das Fach öffnen und dann gewiss auch den toten Hofer entdecken. Dabei war er, Känzig, neben den Brocky-Leuten im Augenblick der einzige Außenstehende, der wusste, welches Schließfach zu Hofer gehörte. Und außer Konrad und Cruz war er auch der Einzige, der über das Ableben von Kurt Hofer Bescheid wusste. Er war unterdessen überzeugt davon, dass Hofers Schließfach in der ganzen Sache buchstäblich eine Schlüsselrolle spielte. Darin mussten sich entscheidende Hinweise zu seinem gewaltsamen Tod finden lassen. Laut Konrad Lüscher hatte Hofer seine Mansarde nur zum Schlafen benutzt. Die Dinge von Relevanz aber hatte der gute Mann offenbar in seinem Schließfach aufbewahrt.

»Ich muss das Fach öffnen können, bevor die Polizei von Hofers Tod erfährt«, sagte Känzig halblaut zu sich. Mit Konrad Lüscher, der seine Ellbogen auf dem Pult parkiert und seinen erschöpften Kopf in die Handflächen gelegt hatte, saß er noch immer im Hinterzimmer von Diego Cruz' Hauswartbüro. Cruz selbst hielt inzwischen einen Rosenkranz in den Fingern und lispelte seine Gebete vor sich her. Die Worte und Sätze, die aus seinen kaum geöffneten Lippen zum Vorschein traten, klangen wie Kieselsteine, die von einem Bergbächlein sanft ins Tal hinuntergerollt werden.

»Konrad, ich brauche deine Hilfe.« Känzig stieß den Philosophen leicht in die Seite. Konrad schreckte hoch und blickte Känzig an.

»Im Brocky ist bekannt, dass es diesen älteren Herrn gibt, der mit Hofer das Schließfach teilt. Wir müssten ihn antreffen können, wenn er das nächste Mal zum Fach will. Ich bin sicher, dass wir im Innern des Faches wichtige Informationen finden, um den Fall aufzuklären. Und überhaupt müssten wir auch diesen unbekannten Mann befragen, der bestimmt eine zentrale Rolle spielt. Und sollte das nicht klappen, ließe sich das Fach vielleicht auch mit Gewalt öffnen?«

Nun war Konrad Lüscher wieder wach und bei Sinnen.

Diego Cruz seinerseits schien von der Unterhaltung der beiden nichts mitbekommen zu haben. Mit geschlossenen Augen und zur Seite geneigtem Kopf, als zeige er damit seine Empathie mit dem sterbenden Jesus, betete sich der Hausmeister durch die Kreuzzeichen. Die großen und die kleinen Perlen. Die freudenreichen und die lichtreichen, die schmerzhaften und die glorreichen Zeichen. Weil er die Hälfte der Worte verschluckte und die übrigen mit spanischem Akzent aussprach, entstand ein Singsang, wie ihn Hugo Ball seinerzeit bei den Auftritten vor den Dadaisten nicht besser hätte darbringen können.

»Gott Vatr Allmächtgr Schöpfr Himmls un' Erd' Jesus Christus Sohn empfngn Heilign Geist geborn Jungfrau Maria gelittn Pontius Pilatus gekrezigt gestrben begrbn hinabgstiegn Reich des Todes aufstandn aufgfahrn zur Rechtn Gottes zu richtn Lebndn und Totn.«

»Der Herr, der den zweiten Schlüssel zum Fach Hofer besitzt, kommt immer zur selben Zeit ins Brocky«, sagte Konrad Lüscher. »Immer in der Mittagspause, nach zwölf Uhr. Er kommt nicht jeden Tag, sondern nur alle paar Wochen. Ich habe ein paar Mal versucht, mit ihm in Kontakt zu treten, ohne Erfolg. Auf Smalltalk reagiert er mit Schweigen. Habe ich ihm konkrete Fragen gestellt wie zum Beispiel: ›Arbeiten Sie hier in der Nähe?‹, oder: ›Kennen Sie Kurt Hofer?‹, war seine Reaktion stets: ›Entschuldigung, ich habe keine Zeit.‹«

»Und wie sieht er aus«, fragte Känzig nach.

»Kurt und dieser Herr sehen aus wie Dr. Jekyll und Mr. Hyde. Kurt ist ein Clochard, seine Kleidung steht vor Dreck, seine Haut ist aufgedunsen vom vielen

Alkohol. Ich würde sagen, Kurt hat eine Duschkabine seltener von innen gesehen als ein reformierter Gläubiger einen katholischen Beichtstuhl. Somit hätte Kurt also den Part des Mr. Hyde übernommen. Die dunklen Seiten der menschlichen Existenz kannte er wie seine löchrige Westentasche. Dr. Jekyll aber muss ein feiner Snob sein. Von den schwarzen Lederschuhen bis zu Anzug mit weißem Hemd und Seidenkrawatte macht alles an ihm einen maßgeschneiderten Eindruck. Er trägt teure Uhren und klemmt sich eine exquisite Ledermappe unter den Arm. Wenn ich mich richtig erinnere, hat er bei seinen Brocky-Besuchen immer diese Mappe dabeigehabt. Er geht dann an Kurts Fach, öffnet es – und nimmt etwas heraus oder legt etwas hinein, das kann ich so genau nicht sagen.«

»Ist es denkbar, dass Dr. Jekyll heute herkommt, in der Mittagspause?«

»Es ist nicht ausgeschlossen. Die letzten paar Wochen habe ich ihn nicht gesehen, da könnte ein Besuch heute, an einem Montag, infrage kommen.«

Leo Känzig blickte auf sein Smartphone. Es zeigte 11:54 Uhr, die Mittagszeit stand unmittelbar bevor. Er beschloss, seinen Mitwissern im Fall Kurt Hofer auf eigenes Risiko hin ein Agreement vorzuschlagen. Konrad würde ihn unterstützen, dessen war er sich eigentlich sicher. Aber Cruz? Den würde er zunächst aus der schmerzreichen Rosenkranzschlaufe bugsieren müssen, in der er sich verheddert hatte: »Für uns Blut geschwitzt. Für uns gegeißelt. Für uns mit Dornen gekrönt.«

Er ergriff die Bauhaus-Lampe mit dem Schwanenhals und richtete das Licht direkt auf das Gesicht des Hausmeisters. Dieser blinzelte irritiert, schüttelte den Kopf und öffnete erstaunt die Augen, um sie sogleich mit der rechten Hand vor dem gleißenden Strahl zu schützen.

»Herr Cruz, hören Sie zu«, sagte Känzig. »Wir dürfen nicht zulassen, dass die Polizei zu früh vom Tod Ihres geliebten Kurt erfährt. Sie können sich denken, dass die Fahnder Sie selbst als Hauptverdächtigen ins Visier nehmen würden. Erstens hat Kurt Sie enttäuscht, weil er nicht gläubig werden wollte. Zweitens wollte er auch keine Beziehung mit Ihnen. Sie haben doppelt Grund, wütend auf ihn zu sein. Und dass Sie ihm die Erste Hilfe verweigert haben, dürfte als fahrlässige Tötung ausgelegt werden und Sie ins Gefängnis bringen. Ich bin aber sicher, dass wir Kurts Mörder finden, wenn wir nur sein Schließfach öffnen können. Ich bitte Sie, mir zu versichern, dass Sie in den nächsten sechs Stunden niemandem von Kurts Tod erzählen. Also bis heute Abend achtzehn Uhr. So, wie Sie mir auch versichern müssen, dass bis jetzt niemand außer Ihnen, Konrad und ich davon wissen. Stimmt das, Herr Cruz?«

»Niemand weiß von meiner geheimen Liebe zu Kurt«, flüsterte Diego Cruz. »Und niemand weiß, dass er tot ist und dass ich ihn hier bei mir aufgebahrt habe. Damit er mit dem Wohlgefallen Gottes seinen Eintritt ins Leben nach dem Tod meistern kann. Dürfte ich ihn noch weitere sechs Stunden mit Gebet und Liebe begleiten, sähe ich damit meine wertvollste Aufgabe als guter Christ erfüllt.«

Känzig seufzte tief. Ihm gingen plötzlich die Schlussszenen des Films *Titanic* mit Leonardo DiCaprio und Kate Winslet durch den Kopf. Wie das Salonorchester standhaft das Lied »Näher mein Gott zu Dir« intonierte, obschon der Kahn längst schwerste Schieflage aufwies, das Wasser durch alle Ritzen strömte und bereits den Saum der Ballkleider der Damen und die Spitzen der Fracks der Herren nässte. Noch wenige Minuten, und das Schiff würde sinken und all denen den Tod bringen, für die es keinen Platz in den Rettungsbooten gegeben hatte. Auch die Arche Noah, die sich Cruz hier aufgebaut hatte, würde bald sinken. Egal, ob Känzig mit dem Fall weiterkommen sollte oder nicht. War es nicht zutiefst menschlich, selbst unmittelbar vor Eintreffen einer gravierenden Katastrophe Haltung zu bewahren? Die letzten Momente vor dem Zusammenbruch in Würde zu begehen? Einen schmerzhaften, unausweichlichen Abschied noch so weit wie möglich hinauszuzögern, um ihn dann umso gefasster zu zelebrieren? Und nicht in Hysterie und Panik zu verfallen? In den Konzentrationslagern hatten die Gefangenen Gedichte geschrieben, erinnerte sich Känzig plötzlich. Sie hatten Geige gespielt und sogar Witze über das Lagerleben gemacht. Nur so hatten die dem Tod Geweihten geistig am Leben bleiben können. Und die unmenschliche Gewalt, die von ihren Peinigern ausging, ein Stück weit brechen und ins Leere leiten können.

Dann wandte er sich an Lüscher: »Ich bitte auch dich, Konrad, dass du niemandem erzählst, was hier gestern und heute passiert ist. Falls dich die Polizei deshalb später piesacken will, übernehme ich als Anstifter die Verantwortung. Geht das klar?«

»Geht klar. Ich halte es mit meinen Vorbildern, den Stoikern. *Nihil mirari.* Zu Deutsch: ›Gerate durch nichts aus der Fassung‹.«

Als Leo Känzig beim Blick auf sein Handy feststellte, dass es zwölf vorbei war, mahnte er Konrad Lüscher zum Aufbruch. Auf keinen Fall durften sie die Ankunft von Dr. Jekyll verpassen, sollte dieser tatsächlich heute ins Brocky kommen. Nur seine Frage wollte Känzig noch von Hausmeister Cruz beantwortet haben:

»Falls der ältere Herr heute nicht kommen sollte, ließe sich das Schließfach auch mit Gewalt öffnen?«

»Schwierig zu sagen. Es handelt sich um eine solide Anlage. Nur mit dem Dietrich oder dem Geißfuß wird man nicht ans Ziel kommen. Die Brechstange dürfte zu massiv sein und nicht in den Türspalt passen. Bleibt die Flex oder der Schneidbrenner, mit denen man gewiss eine Öffnung in die Tür hinbekommen würde. Aber beide hätten den Nachteil, dass der Inhalt des Faches wegen des Funkenregens und der Hitze Schaden nehmen könnte. Falls Kurt darin Papiere aufbewahrt hat, würden wir riskieren, diese in Brand zu setzen und womöglich alles zu vernichten.«

Känzig quittierte das Gehörte mit einem Seufzen und einem Nicken und reichte Cruz zum Abschied die Hand. Noch einmal bläute er ihm ein, sich nicht von der Stelle zu rühren und niemandem seinen Aufenthaltsort oder das Ableben Hofers mitzuteilen. Dann gab er Konrad Lüscher ein Zeichen und machte sich mit ihm auf den Weg nach oben.

Als sie aus dem Keller hochgestiegen und zurück im Eingangsbereich waren, verschaffte sich gerade eine Gruppe Kantonsschüler Zugang zum Bücher Brocky. Die Schüler stammten vom nahen Gymnasium Enge und suchten den Laden regelmäßig nach Schnäppchen ab. Känzig und Lüscher mussten den lärmenden Jugendlichen Platz machen und in den Verkaufsraum ausweichen. Manche der Gymnasiasten stopften ihre Rucksäcke in eines der Schließfächer. Andere begaben sich nach draußen, um vor der Tür ihr Stück Pizza oder ihren Burger zu essen und mit Ice Tea und Cola nachzuspülen.

In diesem lautstarken Kommen und Gehen wäre den beiden beinahe der ältere, elegant gekleidete Herr mit der Aktenmappe unter dem Arm entgangen. Er war im Schlepptau der Maturanden ins Haus gekommen und schritt zielstrebig zur Wand mit den Schließfächern. Känzig stockte der Atem, Lüscher spielte den Stoiker. Der Herr trug einen marineblauen Anzug mit einem leichten, beigen Trenchcoat darüber. Dazu schwarze Lederschuhe und eine rote Krawatte. Die grauen, fast schon weißen Haare trug er kurz, eine Sonnenbrille verdeckte seine Augen. Aus der Tasche seines Regenmantels holte er einen Schlüssel hervor, an dem gut sichtbar ein Holzstab als Anhänger baumelte. Als er ihn ins erste Fach in der obersten linken Ecke steckte, gab Känzig seinem Philosophen das Zeichen zum Aufbruch.

Im Nu waren die beiden beim Unbekannten angelangt und stellten ihn zur Rede. Um das Eis zu brechen, hatte sich Känzig einen Trick ausgedacht.

»Guten Tag, mein Herr. Wir sind Angestellte des Bücher Brocky und machen eine Umfrage zur Kundenzufriedenheit. Ihnen gehört das Schließfach Nummer 1, richtig? Aber nicht allein. Sie teilen es mit einem gewissen Kurt Hofer …«

Kaum hatte Känzig den Namen ausgesprochen, erhielt

er von Dr. Jekyll einen Faustschlag ins Gesicht verpasst. Er sackte in die Knie. Lüscher versuchte, den Unbekannten zu erhaschen. Dieser wehrte sich nach Kräften und schaffte es schließlich, ein großes Regal mit Periodikas umzuwerfen, sodass die gesamte Fläche vor den Schließfächern mit Papierware übersät wurde. Känzig und Lüscher waren in ihrer Ecke gefangen. Sie versuchten, über die Papierberge zu steigen wie Schneewanderer über eine hüfthohe Verwehung. Vergebens, sie konnten nur noch zuschauen, wie Dr. Jekyll mit ein paar Sätzen zur Tür eilte und nach draußen verschwand.

Allerdings ohne den Schlüssel von Fach Nummer 1. Den hatte er in der Hitze des Gefechts im Schloss stecken lassen.

Konrad Lüscher half Känzig wieder auf die Beine und klopfte ihm den Staub von den Kleidern. Er besah sich dessen rechten Wangenknochen, den Dr. Jekylls Faust mit voller Wucht getroffen hatte. Die Stelle zeigte bereits eine bläuliche Schwellung. »Ich werde eine Kühlpackung holen«, sagte er zu Känzig. »Bleib du solange da und gib Acht, dass uns der hart umkämpfte Schlüssel nicht erneut vor der Nase weggeschnappt wird.«

Als Lüscher mit einem tiefblauen Coldpack von der Größe einer Pralinenschachtel zurückkam, nahm Känzig es dankbar entgegen. Als Kältebader war ihm alles, was um den Gefrierpunkt lag, lieb und teuer. Er hielt die Packung mit der rechten Hand auf die lädierte Wange und atmete wohlig auf. Die linke Hand reckte er hoch zum Schließfach, ergriff den Schlüsselkopf und drehte ihn um.

II

Genau in dem Moment, als er das Schließfach öffnen
wollte, ging Känzig durch den Kopf, dass er seiner
Simone ja versprochen hatte, am Nachmittag die kranke
Luisa zu betreuen. Aber er konnte hier doch nicht weg,
jetzt, da er mit den Ermittlungen einen Schritt weiter-
gekommen war. Er würde Simone anrufen und mit ihr
einen Kompromiss aushandeln müssen. Oder würde er
jemanden finden, der so kurzfristig einspringen könnte?
Vielleicht Benno, der Götti von Luisa? Ihn würde er
zuerst anrufen, und falls er Zeit hätte, wäre die Sache
nur noch halb so schlimm. Andererseits verbrachte er ja
liebend gern viel Zeit mit seiner Luisa. Es grämte ihn jedes Mal sehr, wenn er eine Abmachung absagen und sie
vertrösten musste. Könnte er nicht doch ein paar Stunden von hier weggehen und später wiederkommen? In
seinem Inneren wogen Argumente und Gegenargumente
hin und her wie die Bojen auf dem Zürichsee. Schließlich überwog das Gefühl, dass seine Nachforschungen
zum jetzigen Zeitpunkt keine Pause erlaubten.

Er holte das Handy hervor und wählte Bennos Nummer. Luisas Götti ging tatsächlich dran.

»Hallo Benno, hier ist Leo. Du, ich frage dich in einer
wichtigen und super kurzfristigen Sache. Hättest du
heute Nachmittag Zeit, bei Luisa zu sein? Sie kränkelt,
und Simone hat zu tun. Ich wollte eigentlich selbst nach

ihr schauen, aber ich bin wegen eines komplexen Vorfalls verhindert. Ich erzähle dir gern mehr, sobald es passt. Du würdest mir einen großen Gefallen tun, wenn du einspringen könntest. Hättest du überhaupt Zeit?«

»Ja, mein Guter, genau für solche Situationen hat man ja einen Götti. Und heute Nachmittag kann ich mir das einrichten. Ich arbeite im Homeoffice und nehme einfach das Laptop mit in eure Wohnung.«

Leo Känzig atmete auf. Den leichteren Teil seiner Verschiebungsmission hatte er geschafft. Nun musste er noch Simones Einverständnis einholen. Sie würde bestimmt verärgert sein. Und sich auch Sorgen machen über seine Erkundigungen. Auch mochte sie es nicht, wenn er eine Abmachung im letzten Augenblick wieder umstieß. Besonders, wenn es um die Kinder ging, die ihrer Meinung nach immer erste Priorität haben sollten. Aber was blieb ihm anderes übrig, als sie anzurufen und ihr möglichst offen zu schildern, in welcher Klemme er steckte. So wählte er ihre Nummer und hoffte, sie würde abnehmen. Tatsächlich hatte er sie nach dem vierten Klingeln am Apparat.

»Hallo Simone, alles gut? Ja, ich bin noch unterwegs. Schau, ich weiß, wir hatten abgemacht, dass ich heute Nachmittag zur kranken Luisa schaue. Ich hätte das auch wirklich gern gemacht. Aber es ist etwas dazwischengekommen. In der Sache mit dem Mann, den ich gestern spät abends beim Bahnhof Enge am Boden liegen gesehen habe. Dieser Mann ist tot, und ich habe vermutlich Indizien gefunden, die seinen Tod erklären können. Dass er tot ist, weiß noch nicht einmal die Polizei. Dazu muss ich noch Abklärungen machen, die ganz dringend sind. Aber ich habe Götti Benno angefragt, und er kann tatsächlich heut Nachmittag freinehmen und zu Luisa kommen.«

Am anderen Ende der Leitung war es still. Sehr still. Ganz leise hörte Leo seine Simone ein- und ausatmen. Nach einer Weile meldete sie sich zu Wort.

»Pass bloß auf, dass dir nichts passiert. Und warum bitteschön musst du diese Nachforschungen machen, das könntest du doch der Polizei überlassen, oder?«

»Das ist eben vertrackt. Erstens hat die Polizei keine Zeit, weil sie den Staatsbesuch von König Charles absichern muss. Und zweitens bin ich schon so tief in dem Fall drin, dass ich ihn auch auflösen muss.«

»Ich weiß, dass du im Herzen immer noch ein Polizist bist. Aber du kannst nicht gegen die Polizei arbeiten, du musst mit ihr kooperieren. Ich glaube, du solltest dich stellen, zur Wache gehen und dort alle Informationen überreichen, die du hast.«

Jetzt war es Leo, der eine Weile ruhig blieb und nur noch ein- und ausatmete. Dann sagte er: »Vielleicht könnte ich zur Polizei gehen, aber es wäre nicht geschickt. Es würde meine Position schwächen, weil ich mitten in der Untersuchung bin. Anders wird es sein, wenn ich der Polizei die Auflösung des Falles fixfertig auf dem Silbertablett überreichen kann.«

»Ach, Leo, ich finde einfach, deine Tochter hat Vorrang. Sie wird so schnell älter, da kannst du dreimal mit den Fingern schnippen, und sie ist schon ein Teenager. Dann wird sie dich aus dem Zimmer schicken, wenn sie mal einen Tag krank zu Hause sein muss. Und niemals wird Sie es mögen, wenn du neben ihr auf der Bettkante sitzen und Händchen halten willst. Aber noch kannst du das alles tun. Daher solltest du es genießen, wann immer sich eine Gelegenheit dafür bietet. Natürlich kann Götti Benno einspringen, aber es ist nicht dasselbe. Du bist der Vater, es ist deine Verantwortung. Und Luisa sollte das zu spüren bekommen.«

»Verantwortung« war das Hammerargument, das Simone praktisch bei jeder Diskussion irgendwann einbrachte. Er solle seine Verantwortung wahrnehmen, meinte sie etwa, wenn er die Teilnahme an einem Elternabend schwänzen wollte. Ob er sich seiner Verantwortung bewusst sei, fragte sie rhetorisch, wenn er einmal einen Zahnarzttermin von Luisa verschwitzt hatte. Viel konnte er darauf nicht entgegnen, und das schlechte Gewissen plagte ihn in solchen Fällen zünftig. Aber das hier war etwas anderes, es war sein erster Fall in Zürich. Er war nahe dran an der Lösung und konnte nicht einfach alles aufgeben.

»Du hast recht, Simone. Es wäre schön, wenn ich heute bei Luisa sein könnte. Es würde ihr guttun, und es würde auch mir guttun. Aber ich fürchte einfach, es brennt mir alles an, wenn ich mich nicht um den Fall kümmere. Ich schaue aber, dass ich schnell vorwärtskomme. Ich rechne damit, dass ich gegen Abend zurück bin und dann Zeit habe, Luisa zu Bett zu bringen. Ich werde Sam bitten, mir zu helfen, dann geht es bestimmt schneller.«

Dass er auch Charlotte involvieren würde, behielt Leo lieber für sich. Simone war auf die Barchefin nicht gut zu sprechen. Er hatte ihr zwar vom Flirt beim Fest der Kälteschwimmer erzählt und dabei versichert, es sei nichts Ernsthaftes vorgefallen. Aber Simone war skeptisch geblieben und legte ihr Misstrauen nicht ab. Was ja nicht gänzlich abwegig war. Also erzählte er ihr möglichst wenig von Charlotte. Was ihm ein latent schlechtes Gewissen einbrachte. Umgekehrt aber würde er sich Ärger und Groll einhandeln, erzählte er Simone die ganze Wahrheit über seine Treffen mit der Wirtin der Uto-Badi. Sich zwischen den beiden Gefühlslagen zu entscheiden, war gar nicht einfach. Warum er sich im Zweifelsfall immer für den Kitzel entschied, den ihm seine Bekanntschaft mit Charlotte brachte, konnte er sich nicht recht erklären. Vermutlich ging diese Disposition bis zu Adam und dessen entnommener Rippe zurück. Dieses Verlangen nach Kitzel hockte folglich abgrundtief in seinen Genen. Und eine solche Veranlagung war bestimmt viel stärker als die Verantwortung, auf die ihn Simone so oft hinwies. Weil sie in diesem Moment schwieg, anstatt weiter von Verantwortung zu sprechen, fragte er sie nochmals konkret:

»Simone, du sagst gar nichts mehr. Heißt das, du bestehst darauf, dass ich sofort nach Hause komme? Oder versuchst du einzusehen, dass die Angelegenheit wichtig und dringend ist – und gibst mir grünes Licht?«

»Grünes Licht geben? Du bist gut, wo du doch mit dem Velo bei jeder zweiten Ampel bei Rot drüberfährst.«

Beide mussten lachen.

Da ist er wieder, dachte Känzig, der trockene, lakonische Humor meiner Simone, den ich so mag.

Aber nach einem Einverständnis hörte sich Simones Statement noch nicht an. Sie fuhr fort:

»Du weißt, dass mich dein forsches Radfahren stört.

Ich finde es auch unangemessen für einen Ü40er und gefährlich. Und ich wünschte mir, du könntest es allmählich ablegen. Spätestens wenn Luisa zur Schule geht, werden wir ihr das Velofahren beibringen. Dann wirst du dir solche Mätzchen verkneifen müssen, hast du gehört? Und deine Wiedergeburt als Polizeiermittler passt eigentlich auch nicht in unseren Familienalltag. Wir haben doch schon so viel um die Ohren, da muss der liebe Papa nicht noch ein neues Hobby aufnehmen. Aber von mir aus, es scheint ja wirklich dringend und für dich wichtig zu sein, dann erledige deine Untersuchungen heute Nachmittag und versuche, zum Abendessen bei uns zu sein. Und gib auf dich acht, es geht ja immerhin um einen ungeklärten Todesfall.«

»Danke, Simone, sehr lieb von dir. Und was das Fahrradfahren betrifft, habe ich mich schon massiv gebessert. Es gibt inzwischen eine ganze Reihe von Ampeln, an denen ich völlig gelassen wie Gandhi und in mir ruhend wie Buddha an der weißen Markierungslinie warte, bis diese verdammte, blöde Ampel endlich auf Grün springt und ich losbrettern kann …«

Nun war es Simone, die laut auflachen musste. Den ironischen Humor von Leo mochte sie ebenso wie er ihre Lakonie liebte.

»Nein, ich habe mich wirklich gebessert. Und es kommt der Tag, an dem ich mit dem Rad durch Zürich fahre, als wäre ich der Hauptdarsteller eines neuen Kampagnenvideos zur Unfallverhütung. Vielleicht kann ich auch mit einer ebensolchen Gelassenheit durch die Stadt ziehen, ohne gleich auf Absurditäten oder Ungerechtigkeiten anzuspringen. Aber ich weiß nicht recht, ich habe halt noch diesen Fahnderblick drauf. Und meine Spürnase ist nun mal geschult und gibt mir ständig Signale, die ich schlecht ignorieren kann. Du hast mich gestern Nacht ‹Herr Weltverbesserer› genannt, was nicht abwegig ist. Ich möchte nicht gerade die Welt, aber doch wenigstens Zürich ein bisschen besser machen. Deshalb bin ich ja auch Trampilot geworden. Damit ich all jene, die nicht Velo fahren können, von A nach B bringen kann, ohne dass sie ins Auto steigen müssen. Und die Straßen zum Leidwesen der Velofahrer überall verstopfen.«

Simone kannte diese Argumentation, fand sie aber nicht überzeugend. Da steckt noch etwas anderes dahinter, glaubte sie vermutlich. Und formulierte es gegenüber Leo so:

»Ich habe das Gefühl, du bist vor allem deshalb Trampilot geworden, damit du wieder eine Uniform tragen kannst. Irgendwie macht dich das stolz, stimmt's? Aber einerlei. Du bist in Eile, ich will dich springen lassen. Zum Nachtessen bist du zurück, versprochen? Und abends bist du bei Luisa.«

Känzig dankte Simone und legte auf. Dann griff er erneut zum Schlüssel Nummer 1 und drehte ihn im Schloss. Das Fach ging auf.

Um besser an den Inhalt zu kommen, hatte Lüscher einen Schemel geholt, auf den Känzig hochsteigen konnte. Auch hatte er das von Dr. Jekyll umgestoßene Regal gänzlich geleert und neben sich wieder aufgestellt, damit er die Fundstücke aus dem Fach gut sortieren und ablegen konnte.

Känzig nahm sein Smartphone hervor und knipste die

Taschenlampe an. Das Fach war in etwa so geräumig wie der Kühlschrank einer Großfamilie. Und mindestens so vollgestopft wie es die gemischte Abteilung der Uto-Badi an einem strahlenden Sonntagnachmittag ist. Känzig erspähte gestapelte Bücher, zerfledderte Zeitschriften, lose Papiere. Und viele Briefumschläge. Sehr viele Briefumschläge. Einen ersten davon, der zuvorderst lag, zog er heraus, um ihn genauer zu betrachten. Er war leer, jemand hatte ihn aufgerissen. Vermutlich mit den bloßen Fingern und recht rabiat, dachte Känzig, sonst wären da nicht die tiefen Risse und die vielen Rümpfe gewesen. Schon wollte er den Umschlag an Lüscher weiterreichen, da fiel ihm eine feine, mit Bleistift verfasste Notiz auf der Frontseite des Couverts auf.

»5250 Fr. / IV 2023«

Was war das? Ein Frankenbetrag, gefolgt von Kalendernotizen teils in Latein? Was hatte das zu bedeuten?

Neugierig geworden, holte Känzig einen zweiten Umschlag hervor, bei dem sich genau das gleiche Bild zeigte: Das Couvert schien hastig aufgerissen worden zu sein, auf der Vorderseite gab es erneut eine Ziffer mit abgekürztem Frankenzeichen und zweifachem Datumsverweis. Nun nahm Känzig nacheinander alle weiteren Umschläge heraus, die so zahlreich vorhanden waren, dass sie das Fach beinahe allein ausfüllten. Er reichte sie seinem Helfer hinunter, der sie ins Regal stapelte und dabei Bündel zu zehn Stück bildete. Es dauerte nicht lange, da hatte er zehn Bündel beisammen. Auch nach dem zwanzigsten Zehnerpack versiegte der Nachschub aus Känzigs Händen nicht. Hatten sich die ersten der mit Bleistift notierten Jahreszahlen in der aktuellen Ge-

genwart befunden, reichten sie immer tiefer in die Vergangenheit zurück, je weiter hinten im Fach sie steckten. Känzig, der nur mit der linken Hand tätig sein konnte, weil die rechte immer noch das Coldpack ans Gesicht drückte, überquerte bald die Milleniumsgrenze. Tatsächlich holte er ein Couvert ans Tageslicht, dessen Jahreszahl mit 1999 angegeben war.

Da war doch diese panische Angst vor dem Milleniumsbug gewesen, erinnerte er sich schlagartig, während er weitere Couverts aus der Tiefe des Schließfachs klaubte und dem Philosophen übergab. Die ganze Welt würde ins Chaos stürzen, lautete der Grundtenor in der damaligen Hysterie. Weil unsere digitalen Helfer im Kern aus einem stupiden binären Code von entweder 0 oder 1 bestünden, würden sämtliche Festplatten daran scheitern, von der Jahreszahl 1999 auf ein ihnen völlig unbekanntes Annus 2000 umzustellen. Strompannen, Zugsausfälle, blockierte Fahrstühle, überhitzte Kernkraftwerke und zum Absturz verdammte Flugzeuge wurden prognostiziert. Andere fürchteten unkontrollierbare Geldabflüsse im Onlinebanking und Achterbahnfahrten der Wechselkurse an den Börsen. Davon tatsächlich eingetreten war am Ende: nichts.

Känzig dachte schmunzelnd an Silvester 2000 zurück, das er mit seiner Simone bei Freunden auf einer Dachterrasse gefeiert hatte. Um Mitternacht hatte man reihum mit billigem, lauwarmem Freixenet aufs neue Jahr angestoßen. Und dann angestrengt und mit klammen Fingern versucht, auf dem Nokia Generation zwei ohne Tastaturbeleuchtung eine sms an die Handvoll Liebsten zu verschicken. Und hatte mit Erstaunen festgestellt, dass die Botschaften weggesurft waren wie gewohnt. Und auch die Antworten waren so prompt eingetroffen wie immer. Alles wie gehabt; der Milleniums-Bug hatte sich als Fake entpuppt. Die Züge waren pünktlich gefahren, die Fahrstühle hatten funktioniert. Nicht einmal die öffentlichen Uhren waren stehen geblieben. Känzig war damals heimlich ein wenig enttäuscht gewesen. Weil er gefunden hatte, es bräuchte manchmal ein außerordentliches Ereignis, um die Gesellschaft aus ihrer Komfortzone und Lethargie zu rütteln.

»Was ist, kommt nichts mehr?«, hörte er seinen Assistenten Konrad sagen.

Er war kurz weggedämmert und erinnerte sich auf einen Schlag daran, dass er ja eine Aufgabe hatte: das Schließfach von Kurt Hofer leerzuräumen. Er stand mit wackligen Beinen auf seinem Schemel und blickte konsterniert in den Korridor. Am anderen Ende des Flures machten sich die Kantonsschüler auf den Weg zurück in ihr Gymnasium. Ein Mann stand beim Ausgang, nahm einen großen schwarzen Schirm aus dem Ständer und streifte sich eine fast durchsichtige, erdbeerrote Regenpellerine über. Obschon draußen die Sonne schien. Neben dem Mann hing ein Jahreskalender an der Wand, der in großen Lettern versprach: »Mit Wau-Effekt durchs Jahr – Die schönsten Hundemotive.«

Känzig griff wieder ins Schließfach und förderte eine Handvoll Bücher zutage, die er Konrad hinabreichte. Dann folgte ein großer Stapel Zeitschriften, den er auf mehrere Portionen aufgeteilt nach unten gab. Die Neonröhre an der Decke tauchte den Flur in ein kaltes Licht. Es erinnerte Känzig an das Licht in seinem Kühlschrank, das stets aufflammte, wenn er nach einer Spätschicht nach Hause kam und sich im Dunkeln sitzend ein Bier genehmigte. Stand sein Küchenfenster offen, hörte er zu dieser Nachtstunde von draußen manchmal die letzten Trams ins Depot fahren. Dabei glaubte er, am Kreischen der Räder in den Kurven das entsprechende Trammodell heraushören zu können. Tram 2000? Cobra? Flexity?

Das Schließfach hatte er nun ausgeräumt bis auf ein Dossier, das ganz unten lag. Es war eine dicke Aktenmappe mit einem hellen, lindgrünen Einband aus Karton. Dieser war in der Mitte liniert und trug den früher oft gesehenen Stempel der Bürowarenfirma Bigla.

Känzig begann, das Papierbündel durchzublättern. Es enthielt Aktenstücke mit dem Wappen der Stadt Zürich, Zeitungsberichte aus dem *Neuen Tagesblatt* und anderen Medien, Offerten von Maschinenfabriken und vieles mehr. Känzig wunderte sich, eine ganze Fotostrecke mit Trambildern vorzufinden. Auf den hinteren Seiten folgten Abbildungen von Trolleybussen und weitere Akten, die teils handschriftlich verfasst oder bearbeitet worden waren. Als er das Dossier wieder zum Anfang zurückschlug, entdeckte er, dass eine der hinteren Seiten eine Art Titelblatt war, auf dem jemand in kraxeliger Schrift geschrieben hatte:

»Das verschwundene Einser-Tram«

12

Nachdem er sich vergewissert hatte, dass Kurt Hofers Schließfach wirklich leer war, stieg Leo Känzig vom Schemel und sah sich Konrad Lüschers Auslegeordnung an. Unter den Büchern erkannte er einige Standardwerke zur Wirtschafts- und Sozialgeschichte, die er in seiner Studienzeit selbst auch gelesen hatte. Ein Jakob Tanner war darunter; ein Thomas Maissen, ein Hansjörg Siegenthaler, ein Hanspeter Bärtschi. Auch die Zeitschriften kreisten um historische Themen der Neuzeit. Die Erschließung der Schweiz mit der Eisenbahn. Der Landesstreik von 1918. Die Entstehung und Entwicklung des Schweizerischen Bankenwesens. Am auffälligsten aber waren die vielen Briefumschläge, die zu Zehnerstapeln aufgereiht eine ganze Regallänge belegten.

»Wie viele sind es?«, fragte Känzig seinen Helfer Lüscher gespannt.

»Ich komme auf dreißig Bündel zu zehn, das wären also 300 Stück. Plus-minus natürlich, müsste man alles noch einmal exakt nachzählen. Aber wenn wir von einem Umschlag pro Monat ausgehen, also 12 pro Jahr, dann steht diese Sammlung hier für eine Zeitspanne von nicht weniger als 25 Jahren. Das deckt sich auch mit der Datierung der ältesten Couverts, die ich bis jetzt gesehen habe, nämlich 1998. Weiter zurück habe ich nichts gefunden. Aber das ist vorläufig und ohne Gewähr.«

»Tausend Dank, Konrad«, antwortete Känzig. »Ich wäre froh, du würdest tatsächlich versuchen, die Umschläge noch definitiv auszuzählen. Ich habe das Gefühl, sie könnten uns auf eine Spur bringen. Glaubst du, dein Arbeitskollege an der Kasse würde dir dafür nochmals eine Stunde frei geben?«

Konrad Lüscher nickte und machte sich sogleich daran, die Umschläge genauer unter die Lupe zu nehmen.

»Bleibt noch die Frage, was es mit dem Dossier zum verschwundenen Tram auf sich hat«, sagte Känzig mehr zu sich selbst als zu Lüscher.

Er nahm das Dossier, setzte sich auf einen Abfallkübel Patent Ochsner mit geschlossenem Deckel, der neben der Schließfachanlage stand, und fing an zu lesen. Er war sich sicher, dass Kurt Hofer selbst diese Dokumente gesammelt und zusammengestellt hatte. Die Handschrift auf den vielen losen Notizzetteln war mit jener auf dem Titelblatt identisch. Das Dossier schien chronologisch angelegt worden zu sein und begann mit einer Zeitungsnotiz aus dem *Neuen Tagesblatt* vom März 1935: »In nächster Zeit soll die Frage einer eventuellen Einführung des Trolleybusses in Zürich studiert werden«, lautete es in einem Bericht zur Generalversammlung des Quartiervereins Hottingen. Dieser Satz war als einziger mit einem roten Stift hervorgehoben. Auch in der folgenden Zeitungsmeldung ging es um die Frage Straßenbahn versus Trolleybus. Das Thema war im Stadtzürcher Gemeinderat kontrovers diskutiert worden, wie es im Sitzungsprotokoll vom September 1937 hieß. »Der Trolleybus ist wirtschaftlicher als der Autobus, soweit es den Diesel-Autobus betrifft, doch ist er eben auch an seine Oberlinie gebunden; der Benzin- oder Dieselautobus kann überall bei Bedarf eingesetzt werden. Vielleicht könnte die umbaureife Strecke Letzigraben–Schlieren als Trolleybuslinie ausgebaut werden. Aber in großem Umfang bestehende Straßenbahnstrecken auf Trolleybus umzustellen, wäre wirtschaftlicher Unsinn.«

Welches Interesse hat Kurt Hofer an der Frage Tram oder Trolleybus gehabt?, fragte sich Känzig und blätterte weiter. Es folgte ein historischer Abriss über die Gründung und Entwicklung der Zürcher Straßenbahn, worüber selbst Känzig als aktiver Trampilot nur bruchstückhaft Bescheid wusste. Mit seinem Freund Sam Gröbli auf der Leitstelle hatte er aber jemanden, der mehr über die Zürcher Trams wusste als der Papst über die Bibel.

Ich rufe sogleich Sam an, um mir das alles erklären zu lassen, dachte er und überflog rasch die ersten Seiten mit dem Auftakt im Jahre 1896: Gründung Städtische Straßenbahn Zürich; Übernahme des privat betriebenen Rösslitrams. Witzig, dachte er, die Straßenbahn wurde zunächst von Pferden gezogen. Sie hat zwar ein Gleis gehabt, aber noch keinen modernen Antrieb. Erst im Jahr 1900 hatten die Zürcher diese mit »Hafermotor« auf Schienen fahrenden Kutschen elektrifiziert und zu einem richtigen Tram gemacht. Dann holte er sein Telefon hervor und wählte Sams Nummer.

»Hallo Sam, ich habe ein interessantes Dossier gefunden zum verschwundenen Einser-Tram. Du weißt

darüber ja bestimmt Bescheid, vierziger Jahre und Einführung der Trolleybusse und so fort. Und stell dir vor,
wo das Dossier war. Es lag im Schließfach des Mannes,
den ich gestern Nacht am Bahnhof Enge am Boden
liegend gesehen habe. Diesen Mann habe ich tot im
Bücher Brocky aufgefunden, ich sichte gerade mit einem
Brocky-Mitarbeiter den Inhalt des Schließfachs. ... Die
Polizei, meinst du? Nein, die war noch nicht da, kommt
schon noch. Aber sag mir doch, was du zur Linie 1
weißt.«

Sam stöhnte auf, und Leo glaubte durch die 4-G-
Antennen hindurch spüren zu können, wie er den Kopf
schüttelte. Schließlich hatte Sam ihn angehalten, seine
Finger von der Angelegenheit zu lassen. Jetzt war der
Mann von gestern tot und dessen Schließfach geöffnet,
alles ohne Anwesenheit der Polizei.

Er hörte Sam undeutlich fluchen. Dann begann er,
alles zum Einser-Tram zu erzählen:

»Die Linie Nummer 1 ist eine der ersten Linien der
Stadt Zürich gewesen. Sie wurde aufgrund der Hinter-
grundfarbe ihres Nummernschilds auch Weiße Linie
genannt. Sie führte vom Tiefenbrunnen über den Hauptbahnhof zum Paradeplatz nach Morgental. Während des
Ersten Weltkriegs verkehrte sie zeitweise eingeschränkt.
Später hat sie die Strecke gewechselt und ist vom Burgwies zum Schlachthof gefahren.«

»Und warum sollte sie abgeschafft werden?«

»In der Nachkriegszeit wurden erste Stimmen laut,
das Tram sei unmodern und müsse durch Trolleybusse
ersetzt werden. Als sich Ende der dreißiger Jahre der
Zweite Weltkrieg ankündigte, wurden knappe Güter

wie Pneus und Kupfer rationiert. Die Zürcher Trolley-bus-Pläne verschwanden vorläufig in den Schubladen. Dabei haben die Zürcher Verkehrsplaner Berichte aus London, Paris und Rom studiert, wo sich Trolleybusse bereits mit Erfolg im Einsatz befanden. Sollten die Zürcherinnen und Zürcher mit dem Begriff ›Trolleybus‹ nicht warm werden, haben die Behörden damals gesagt, könnten sie es ohne Weiteres auch ›Autotram‹ nennen.«

Känzig kicherte. »Ich gehe aufs 31er-Autotram«, so etwas würde sich heute irgendwie cool anhören. Gespannt hörte er Sam weiter zu und erfuhr, dass es in den dreißiger und vierziger Jahren eine regelrechte Debatte zwischen Befürwortern und Gegnern des Trams respektive des Trolleybusses gegeben hatte:

»Es hat sich ein Expertenstreit entfacht, bei dem beide Seiten nicht müde wurden, die Vorteile des bevorzugten Verkehrsmittels zu loben und die Nachteile des gegnerischen schwarzzumalen. Das Tram sei sperrig und an Schiene und Oberleitung gebunden. Es brauche für seine Haltestellen zu viel Platz und sei auf engeren Straßen regelmäßig schuld daran, dass sich die Autos stauten. Das Tram kreische in den Kurven und beim Bremsen und belästige so die Anwohner. Liege im Herbst Laub auf den Schienen, gerate das Tram bei Steigung und Gefälle leicht ins Rutschen. Der Bremsweg einer auf laub-bedeckten Gleisen verkehrenden Tramkomposition sei mindestens dreimal so lang wie jener eines Trolleybusses mit Gummireifen.«

Sam kam in Fahrt, was Leo freute. Nicht oft hatte sein Freund Gelegenheit, mit seinem großen Wissen vor anderen zu brillieren. Seine Arbeit als Einsatzkraft auf der

Leitstelle versah er still und unauffällig. Höchstens an der Weihnachtsfeier wurde er manchmal gebeten, ein paar Anekdoten aus seinem reichen Fundus zum Besten zu geben.

»Zu Beginn dieser Debatte haben die städtischen Verkehrsbetriebe für die Einführung eines ersten Trolley-bus-Rundkurses noch diverse Tramlinien ins Auge gefasst. Die Linie 2 ist öfter genannt worden, später auch die Linien 5, 6, 8, 9 und 14. Letztendlich aber haben sich die Behörden geschlossen auf die Linie 1 fokussiert. Weil das Weiße Tram keine sehr hohe Auslastung aufwies und durch zwei Flaschenhälse führte: den Zeltweg zwischen Kreuzplatz und Kunsthaus sowie die Militärstrasse zwischen Sihlpost und Bäckeranlage. An diesen neuralgischen Punkten, so waren sich die Fachleute einig, seien die Platzverhältnisse derart eng, dass an einen vernünftigen Ausbau der Tramlinie nicht zu denken sei. Außer, die Stadt würde kostspielige Enteignungen vornehmen. Das heißt im Klartext: Man hätte Liegenschaften aufkaufen und abreißen müssen, um mehr Raum zu schaffen für Eigentrassees und beidseits passierbare Inselhaltestellen. Der Einsatz solcher Zwangsmaßnahmen ist im Stadtrat intensiv diskutiert worden.«

Leo staunte, als Sam ihm schilderte, wie akribisch die Tramgegner die Schwächen der Straßenbahn zusammengetragen hatten. Deren Leitungen seien teuer und störten das Ortsbild. Und die Stromlobby, etwa die kantonalen Elektrizitätswerke, führten einen florierenden Handel mit im Ausland produzierter Elektrizität. Den billigen Strom verkauften sie teuer an die Betreiber von Tram und Trolleybus.

Sam war voll in seinem Element. Er rollte die Geschichte des Einser-Trams auf, als hätte er diese Zeit vor fast 100 Jahren selbst erlebt:

»Von den Trambefürwortern waren andere Töne zu vernehmen. Der Trolleybus benötige Bestandteile, die nur im Ausland zu beziehen seien. Im Krisenfall müssten diese rationiert werden, etwa der Kautschuk für die Reifen. Auch sei es wirtschaftlich unsinnig, die über Jahrzehnte mit vielen Millionen Steuerfranken erstellte Traminfrastruktur leichtfertig aufzugeben. Schienenstränge, Oberleitungen und Fahrzeuge würden gewiss noch eine Lebensdauer von mehreren Jahrzehnten haben. Außerdem seien Firmen wie die Maschinenfabrik Oerlikon MFO auf die städtischen Aufträge zum Erhalt und Ausbau des Tramnetzes angewiesen.«

»Darauf angewiesen, inwiefern?«

»Sie haben Dutzende Arbeiter für die Produktion von Trams beschäftigt und damit das große Geld gemacht. Bestimmt hätten sie Leute entlassen müssen, wenn diese Aufträge weggefallen wären. Gerade die MFO sei auch ein guter Zürcher Steuerzahler und dürfe nicht durch unüberlegte Mobilitätsexperimente vergrault werden, hieß es damals. Auch bei den Verkehrsbetrieben müssten bei einer Abschaffung der Trams einige Angestellte um ihre Jobs bangen. Was hätten etwa die Gleisbauer tun sollen, wenn es keine Gleise mehr gegeben hätte?«

Natürlich, dachte Leo Känzig, da standen viele Interessen auf dem Spiel. Er blätterte weiter im Dossier und entdeckte eine Aktennotiz, die er zunächst für einen Witz hielt. Bei der Frage, welche finanziellen Vor- und Nachteile der elektrische Bus gegenüber dem Tram hätte, spielte tatsächlich auch die Steuerbehörde eine Rolle. Auf das Tram als Schienenfahrzeug würde keine Behörde jemals eine Motorfahrzeugsteuer erheben, weil dies im Gesetz nicht vorgesehen war. Auf den Dieselbus aber sehr wohl; dieser wurde wie jedes andere Straßenfahrzeug besteuert. Aber beim Trolleybus? War er ein verkapptes Tram im Automantel? Oder eher ein Autobus im Schafspelz? Die Politik habe sich damals schwergetan, eine Einigung zu finden, sagte er zu Sam. Und zitierte aus einem Stadtratsprotokoll: »Wenn das gesamte Straßenbahnnetz auf Trolleybusbetrieb umgestellt würde, wäre mit einer Ausgabe von rund einer halben Million Franken für Automobilsteuern zu rechnen.«

Die beiden lachten. Ein Bus, der kein Bus sein will, weil er sonst Steuern zahlen muss. Das gab es gewiss nur in der Schweiz. Leo blätterte weiter in seiner Lektüre zum Einser-Tram, während ihm Sam die nötigen Erläuterungen lieferte. Je tiefer sie in die Materie eindrangen, desto klarer wurde, worum es damals hauptsächlich gegangen war: um Geld. Um viel Geld.

Auch um Emotionen, gewiss. Gerade die Einser-Linie als früheres Rösslitram weckte bei vielen nostalgische Gefühle. Außerdem waren die Zeiten stürmisch. Der Erste Weltkrieg saß den Menschen noch in den Knochen, als im September 1939 bereits wieder das große Unheil über Europa und der Welt hereinbrach. Verständlich, waren Zürichs Bewohner doch eher konservativ-vorsichtig eingestellt, hielten am Gewohnten fest und zeigten sich skeptisch gegenüber Neuerungen.

Känzig dachte an die Landesausstellung Landi 39, über die er im Studium einiges gehört und gelesen hatte. Als der Krieg am 1. September 1939 mit dem Angriff auf Polen begann, schaukelten in Zürich die Kinder draußen auf der Landiwiese noch auf kleinen Booten durch eine Heile Welt. Die Erwachsenen schritten durch eine große Halle voller Schweizer Qualitätsprodukte, geschmückt mit den Fähnchen sämtlicher Gemeinden. Die Geistige Landesverteidigung für die Bevölkerung und die Reduit-Pläne für die Armee sahen vor, die Schweiz als trutzige Eigenbrötlerin durch den Krieg zu bringen. Das konnte nur gelingen, wenn sich das Land wieder seiner Stärken aus Großvaters Zeiten besann – Fleiß, Bescheidenheit, sozialer Zusammenhalt.

Und doch, wenigstens in Sachen Verkehrsmittel, gab man sich in Zürich verhalten offen, wie aus dem Hofer-Dossier hervorging. Noch im Frühling 1939 hatte der Stadtrat eine Reise nach Rom unternommen, wo bereits Trolleybusse den Großteil des Öffentlichen Verkehrs abdeckten. Diese Studienreise ermunterte die Behörde, im Landi-Jahr 39 eine erste Linie mit den elektrischen Bussen aufzunehmen. Sie führte vom Bucheggplatz über den Limmatplatz zum Goldbrunnenplatz. Der wendige, schnell beschleunigende Bus galt vielen als Symbol für den Fortschritt, wie er in den europäischen Metropolen längst Fuß gefasst hatte. Aus Paris vermeldete das *Neue Tagesblatt* in jenen Tagen, die Stadt habe sämtliche Straßenbahnlinien aufgehoben und durch Trolleybusse ersetzt. »Voller Freude berichtet der Pariser Polizeipräsident die merkliche Abnahme der Verkehrsunfälle, seitdem die Straßenbahn restlos aus dem Zentrum der Stadt verschwunden ist«, las Känzig dem am Telefon zuhörenden Sam vor. Diese Tatsache und der Wegfall des teuren Schienenunterhalts senkten die Kosten für die Allgemeinheit jährlich um mehrere Millionen Francs, hieß es in der Zeitung.

Es ging um viel Geld, erinnerte sich Känzig an seine bisherige Schlussfolgerung. Dann stellte er gegenüber Sam eine These auf:

»Beide Seiten, die Tramfreunde wie auch die Gegner, haben partikuläre Interessen verfolgt. Wer eine Stadt wie Zürich mit öffentlichen Verkehrsmitteln ausrüsten konnte, durfte sich auf Jahrzehnte hinaus über prall gefüllte Auftragsbücher freuen. Wurde so ein Auftrag entrissen, weil Politiker ein Verkehrsmittel gegen ein anderes eintauschten, hat das zu empfindlichen Einbussen geführt. Also erstaunt es nicht, dass man die Debatte für und wider die Tramlinie 1 mit harten Bandagen geführt hat.«

»Ja, aber am Ende gab es eine Volksabstimmung«, relativierte Sam. Und konnte sogar das exakte Datum des Urnengangs nennen: 21. Mai 1944. »Die Abstimmung trug den offiziellen Wortlaut: ›Umstellung der Straßenbahnlinie 1 auf Trolleybusbetrieb und ihre Verlängerung bis Schlachthof.‹ Das Geschäft sah einen Kredit von rund zwei Millionen Franken für den Kauf einer Handvoll Elektrobusse und für die Einrichtung eines Wagendepots vor. Sie wurde von der Stimmbevölkerung mit siebzig Prozent Ja-Stimmen deutlich angenommen. Doch damit waren die Tage des Einser-Trams noch nicht ganz gezählt. Die angeschlagene Nachkriegswirtschaft konnte die benötigten Busse nicht per sofort bereitstellen. Erst zehn Jahre später, am 14. März 1954, hat für das Einser-Tram das letzte Stündchen geschlagen. Als

Lumpensammler ist es in dieser späten Sonntagnacht letztmals vom Hauptbahnhof Richtung Depot Burgwies gefahren.«

Auch über diese Fahrt wusste Sam Bescheid:

»Um 00:26 Uhr passierte das letzte Einser-Tram die Haltestelle Pfauen und stoppte außerfahrplanmäßig mitten im Zeltweg, wo sich auf dieser Höhe damals die Bäckerei Beitner befunden hat. Der Tramfahrer öffnete die Türen. Eine Gruppe Anwohnende stieg ein. Sie führten Körbe mit frischem Konfekt direkt aus der Bäckerei mit sich und verteilten die Süßigkeiten an die Anwesenden. Dann hat einer eine Handorgel genommen und das Lied ›Muss i denn zum Städtele hinaus‹ gespielt. Bald erkannten die Fahrgäste die Ironie, die am Abschiedstag des Einser-Trams genau in diesem Lied steckte. Alle fingen an mitzusingen. Mit diesem Requiem verabschiedete sich das Tram 1 im Frühjahr 54 definitiv vom städtischen Streckennetz.«

Leo war sprachlos. Was sein Freund alles wusste, hätte ihm eigentlich alle Türen zu Quizsendungen wie »Wer wird Millionär?« geöffnet. Wobei, irgendwie war sein Wissensgebiet allzu spezifisch und eingeschränkt. Was Sam besitzt, dachte Leo, ist exakt das Gegenteil von Allgemeinbildung. Aber es gab eben Momente, in denen ein solches Spezialwissen sehr gefragt war. Und so ein Moment war jetzt.

13

Als Leo umblätterte, stieß er auf ein graues Zwischenblatt, auf dem ein einziges Wort stand: »Vertraulich!« Es war mit einem roten Wachsstift geschrieben worden, die Handschrift war zweifellos dieselbe wie auf dem Titelblatt des Dossiers. Was hatte Kurt Hofer hier abgelegt, von dem niemand erfahren sollte?

Er stöberte durch die folgenden Seiten und schilderte Sam am Telefon, dass es sich hier um eine andere Art von Dokumenten handelte. Keine Zeitungsartikel, Protokolle und Berichte mehr. Sondern Originaldokumente. Das waren Briefe mit Signaturen, teils mit den expliziten Vermerken »Vertraulich!« oder »Nur zum internen Gebrauch!«. Weiter hinten fand er mehrere Budgetvorlagen der Stadt Zürich aus den frühen vierziger Jahren, auf welcher kryptische Abkürzungen und handschriftliche Notizen prangten. Und er entdeckte einige Kontoauszüge der Zürcher Privatbank Hofer & Cie., die an Stadtrat Hans Opfiker, den Vorsteher der Industriellen Betriebe, adressiert waren.

Zu Sam gerichtet sagte er: »Im hinteren Teil des Ordners sind viele vertrauliche Originaldokumente. Mir erschließt sich nicht, was sie zu bedeuten haben. Könntest du in die Uto-Badi kommen, Sam? Du hast heute frei«, fragte Leo. »Charlotte kann uns bestimmt ein Massagezimmer für eine Besprechung zur Verfügung stellen.«

Känzig hörte, dass sich Sam Gröbli in diesem Moment in einer Menschenmenge befinden musste und mehrfach »Entschuldigung« sagte. Vermutlich suchte er einen ruhigen Ort, um weiterzutelefonieren. Nach einer Weile schnaufte er aufgebracht und flüsterte ins Telefon: »Sollten wir die Sache nicht doch besser der Polizei überlassen? Wer weiß, was da noch alles zum Vorschein kommt.«

»Wozu hat man denn Freunde?«, erwiderte Känzig. »Doch genau dafür, einem aus der Klemme zu helfen, wenn es nötig ist. Ich brauche deine Hilfe, Sam. Ich muss dir das Dossier zeigen, ohne Zweifel kannst du dir viel besser einen Reim darauf machen als ich. Ich muss meine Unschuld beweisen und den Fall lösen. Schaffst du es, möglichst rasch zu Charlotte in die Uto-Badi zu kommen? Dort können wir alles in Ruhe besprechen. Bitte, Sam, du kannst mich jetzt nicht sitzen lassen. Ich garantiere dir dafür, dass ich dich bei unserem nächsten Tischfußballspiel samt und sonders gewinnen lasse. Ehrenwort.«

Sam Gröbli murrte. Dann zeigte er sich einverstanden, in die Badi zu kommen und sich den vertraulichen Teil des Dossiers anzuschauen.

Känzig dankte ihm mit dem Versprechen, er werde ihn nicht nur am Kicker gewinnen lassen, sondern auch die für den gelungenen Abend nötigen Runden Bier spendieren, beendete den Anruf und blickte zu Konrad Lüscher hinüber, der mit dem Ordnen der Briefumschläge fertig geworden war. Er legte einen Zettel an die Stelle im Dossier, wo der Vermerk »Vertraulich« stand, klappte es zusammen, erhob sich von seinem Ochsner-Kübel und trat auf Lüscher zu. Dieser sprach ihn mit demselben Stolz an, den ein frisch getaufter Pfadfinder zeigte, wenn er seinem erfahrenen Leiter mitteilen konnte, er habe fürs Anzünden des Lagerfeuers wirklich und ganz ehrlich nur ein einziges Streichholz und kein Fötzelchen Zeitungspapier gebraucht.

»Ich habe alle Umschläge sortiert und festgestellt, dass sie eine ununterbrochene Kette bilden mit Startpunkt September 1998 und Endpunkt in diesem Monat, ebenfalls September. Somit kommen wir auf exakt 25 Jahre zu 12 Monaten, was 300 Umschläge ergeben müsste. Die Zahl stimmt genau mit meiner Zählung überein. Die Beträge aber, die auf den Umschlägen notiert sind, haben sich stetig erhöht. Zu Beginn wurden 4250 Franken notiert, später waren es 4800 Franken. 2020 wurde die 5000er-Grenze geknackt. Dann verbleibt die Aufschrift eine Zeit lang bei 5150 Franken. Im laufenden Jahr 2023 wurde schließlich der Betrag von jeweils 6100 Franken notiert. Ich weiß nicht, was diese Umschläge uns sagen wollen. Aber insgesamt geht es über den Zeitraum von einem Vierteljahrhundert hinweg um eine Summe von fast zwei Millionen Franken.«

Konrad Lüscher betrachtete seine Aufgabe als erfüllt und verabschiedete sich von Leo Känzig. Er müsse seinen Arbeitskollegen an der Kasse und im Laden unterstützen, meinte er. Das verschobene Regal wieder an den richtigen Platz rücken und es einräumen werde man nach Ladenschluss. Er schlug vor, die Briefumschläge in geordneter Abfolge ins Schließfach Nummer 1 zurückzulegen. Dieses wäre abzuschließen, und der Schlüssel wäre im Safe aufzubewahren, wo das Kassageld des

Brocky liege. Die übrigen Bücher und Materialien aus dem Schließfach würde er im Büro ablegen, da seien sie ebenfalls sicher.

»Und was machen wir mit dem Dossier zum Einser-Tram?«, fragte er.

»Ich nehme es mit und zeige es meinem Vertrauten Sam Gröbli, mit dem ich gerade telefoniert habe«, antwortete Känzig. »Sam kennt sich mit allem aus, was Räder aus Stahl hat, auf Schienen fährt und in den Kurven und beim Bremsen quietscht. Ist das o. k.? Aber viel Zeit bleibt uns nicht. Unseren Missionar Cruz unten im Keller können wir ja nicht auf ewig dazu verdammen, neben dem toten Kurt zu sitzen und dessen eiskaltes Händchen zu halten. Wir brauchen Ergebnisse, rasch.«

»Da fällt mir ein: Ich habe gerade mit Cruz gesprochen«, sagte Lüscher. »Ich habe ihm nochmals eingeschärft, einfach unten zu bleiben und nichts zu unternehmen. Er hat sich dankbar gezeigt und gemeint, er wünsche sich nichts sehnlicher, als bis zum Jüngsten Gericht neben Kurt zu wachen. Auf meinen Scherz, dass ein weltliches Gericht bestimmt viel schneller zur Stelle sein werde als jenes des Gütigen Herrn, ging er nicht ein. Aber meine Frage, ab wann genau unser Kurt das Schließfach im Brocky angemietet hat, konnte er beantworten. Er hat in seinen Unterlagen nachgeschaut und den Mietvertrag gefunden, der Kurt Hofer die uneingeschränkte Verwendung des Faches mitsamt Aushändigung des Zweitschlüssels gewährt. Dieser Vertrag stammt vom 26. August 1998 und ist am 1. September in Kraft getreten. Wenige Tage später hat Kurt den ersten dieser ominösen Briefumschläge erhalten und im Fach deponiert. Wenn man sieht, dass das dann 25 Jahre lang angedauert hat, kann das kein Zufall sein. Das Schließfach und diese Umschläge – da besteht ein Zusammenhang. Wir wissen nur nicht welcher.«

Leo Känzig nickte versonnen. Dann schüttelte er Lüscher die Hand und dankte ihm für seine Hilfe. Vorsichtig ließ er das Dossier mit der Aufschrift »Das verschwundene Einser-Tram« in seinen Rucksack gleiten.

Die Uhr im Brocky zeigte zehn nach zwei. Noch knapp vier Stunden lang sollte es gelingen, Kurt Hofers Tod geheim zu halten. Falls nichts dazwischenkam. Aber irgendwann würde die Sache auffliegen. Allein deshalb, weil Cruz abends von seiner Frau und den Kindern erwartet wurde. Träfe er nicht pünktlich zum Abendessen ein, würde man sich Sorgen machen und im Brocky nachschauen gehen. Außerdem würde die Leiche allmählich einen Verwesungsgeruch absondern, befürchtete Känzig. Die Putzfrau oder sonst jemand würde früher oder später darauf aufmerksam werden und Alarm schlagen. Dann hätte er, Leo Känzig, bei der Kripo Uster vom Dienst suspendiert wegen unlauterer Einsatzpraktiken, auch in Zürich ein größeres Problem. Wo er doch hergekommen war, um in Ruhe Tram zu fahren. Und dabei eine schöne Uniform zu tragen, wie Simone mit Recht behauptete.

Er war froh, endlich das Bücher Brocky verlassen zu können. Heftig war es gewesen, den toten Hofer unten im Keller beim religiös verblendeten Hausmeister vorzufinden. Vor seinem inneren Auge sah er die aufgebahrte Leiche inmitten von Kruzifixen, Andachtsbildern und

Rosenkränzen. Auch hockte ihm der modrige Geruch von Staub, feuchtem Papier und erkaltetem Kerzenwachs noch in der Nase. Schnellen Schrittes ging er zu seinem Fahrrad, schloss es auf und fuhr los. Wie gut es sich anfühlte, draußen an der frischen Luft zu sein und Fahrrad zu fahren. Ich bin noch am Leben, spürte Känzig. Und noch in Freiheit. Obschon sich die Schlinge um seinen Hals jederzeit zuziehen konnte.

Wie er um den Bahnhof Enge kurvte, sah er auch Wachtmeister Habeggers stechenden Blick vor sich. Schon vernahm er dessen vorwurfsvolle Stimme: »Herr Känzig, was haben Sie sich nur dabei gedacht, uns die Leiche des vermissten Kurt Hofers verheimlichen zu wollen? Und sämtliche Beweismittel, die in seinem Schließfach lagerten, einfach an sich zu nehmen?« Wie in einem Traum hörte Känzig eine Staatsanwältin die Anklagepunkte vortragen, für die er eines Tages in einem mit Publikum gut gefüllten Gerichtssaal geradestehen müsste: Verstoß gegen die Meldepflicht bei Todesfall; Behinderung der Justiz; Störung einer polizeilichen Ermittlung; Unterschlagung von Beweismitteln und so fort.

Um diese Gedanken abzuschütteln, beschleunigte Känzig sein Fahrrad, so schnell er konnte. Aber nicht in Richtung der Uto-Badi. Er hatte beschlossen, noch kurz nach Hause zu fahren. Er wollte Simone, Benno und Luisa zum Dank für die Flexibilität einen Spontanbesuch abstatten und sie mit einem feinen Zvieri überraschen. Bei der Bäckerei Alt würde er eine Handvoll jener Gebäcke kaufen, die seine Familie und auch Benno innig liebten: Zimtschnecken. Zum Glück hatte es im Laden genügend davon, außerdem waren sie frisch und dufteten herrlich. Er legte die Tüte mit den Schnecken in seinen Rucksack und fuhr zügig weiter.

So sehr er sich als ein Mann mit großem Freiheitsdrang verstand, so sehr fühlte er sich auch als Mensch mit Versöhnungshang. Es war ihm bewusst und absolut nicht gleichgültig, dass er seine Liebsten manchmal herausforderte, verängstigte und ärgerte. Deshalb gab er sich immer wieder große Mühe, ihnen zu zeigen, wie sehr sie ihm trotz allem am Herzen lagen. Das war ambivalent, ja sogar widersprüchlich. Aber das Leben war irgendwie nicht logisch, auf jeden Fall führte es selten einfach und direkt von einem Ort zum anderen.

Gut möglich, dachte Leo, dass mir mein Job als Trampilot auch deshalb so gut gefällt, weil meine Wege auf unverrückbaren Schienensträngen ablaufen und es völlig logisch ist, wie ich mit dem Tram und den Passagieren von Punkt A zum Punkt B gelange. Vielleicht, reflektierte er, bringt das Tram auch ein wenig Ordnung in meine Einstellungen dem Leben gegenüber.

Zu Hause angekommen, öffnete er routinemäßig die Klappe des Briefkastens und das Törchen zum Milchfach, um nach Postsendungen zu schauen. Beides war leer, Simone hatte die Sachen bestimmt bereits geholt. Er öffnete die schwere Eichentür mit den Beschlägen, die zum typischen Jugendstilhaus mit den fünf Stockwerken führte, in welchem sie seit Luisas Geburt vor vier Jahren wohnten. Angenehm kühl war es im Entrée, das ganze Haus verströmte ein gutes Wohnklima.

Großes Glück hatten sie gehabt, die Wohnung zu bekommen. Es war während der Coronazeit 2019 gewesen. Die Vermieter hatten am Besichtigungstag Volksaufläufe im Treppenhaus vermeiden wollen. Denn sie hätten von allen Wartenden ein Zertifikat verlangen und eine generelle Maskenpflicht verhängen müssen. Stattdessen hatten die Hausbesitzer darum gebeten, sich mit einem Dossier zu bewerben. Wenn ihnen eine Einsendung gefiel, wurden die Personen zur Besichtigung aufgeboten. Alle anderen waren von Beginn an draußen. Mit großer Sorgfalt hatten die Känzigs ihre Bewerbung erstellt, Familienfotos und Kinderzeichnungen inklusive. Später, als sie den Zuschlag erhalten und längst ihre Zügelkisten die Treppen hochgeschleppt hatten, teilte ihnen eine Nachbarin mit gerümpfter Nase mit, sie hätten wirklich großes Glück gehabt. Denn bei der Hausverwaltung, die normalerweise die Neuvermietungen abwickle, hätte eine Mitarbeiterin eine heimliche Warteliste für dieses Haus geführt. Diese Dame hätte nur darauf gewartet, die frei gewordene Wohnung einer gemeinsamen Bekannten zuzuschanzen. Doch war diese Verwalterin genau in jenen Tagen im Urlaub gewesen, sodass die klandestine Liste ein zahnloser Papiertiger geblieben war.

Känzig nahm die Treppen hoch zum vierten Stock wie im Flug. Vor der Wohnung angelangt, legte er den Rucksack ab und klaubte die Papiertüte mit den Zimtschnecken hervor. Dann klingelte er an der eigenen Tür, um die Überraschung perfekt zu machen. Es war Luisa, die öffnete, ein erstauntes Gesicht machte und ihm um den Hals fiel.

»Papa! Was machst du denn hier? Ich dachte, du hast keine Zeit heute Nachmittag. Benno ist ja extra gekommen.« Sie neigte ihren Kopf leicht nach hinten und rief in Richtung Küche, von wo das Geräusch einer auf dem Herd zischenden Espressokanne zu hören war: »Mama und Benno, schaut mal, Papa ist da!«

14

Leo blieb an der Schwelle seiner Wohnungstür stehen und raschelte mit der Papiertüte, worauf Luisas Augen noch mehr zu glänzen begannen. Ob das mit der Grippe zu tun hatte, die sie seit gestern plagte, oder mit der Freude über seinen Besuch, wusste er nicht. Oder lag es am meisten an der Vorfreude auf den Inhalt der Tüte?

Inzwischen waren Simone und Benno aus der Küche in den Flur gekommen und schritten auf Leo zu. Sie waren in eine Diskussion vertieft. Aus einzelnen Gesprächsfetzen schloss er, dass es um zwei von Simones Herzensthemen ging: Schulwesen und Geschlechtergleichstellung. Er hörte Begriffe wie Mutterschaftsurlaub, Babypause und Karriereknick und wusste, auf welcher steilen Klippe sich Simone und Benno gerade befanden. Einmischen wollte er sich nicht, denn es war ihm bewusst, solche Debatten waren endlos. Und er musste heute ja unbedingt die Zeit im Auge behalten. Er hatte Sam und Charlotte eine Nachricht geschickt, dass er um halb drei Uhr in der Uto-Badi eintreffen werde. Es blieb ihm etwa eine Viertelstunde mit Luisa, Benno und Simone. Letztere musste später ja auch zur Arbeit.

»Leo, schön dass du vorbeikommst«, sagte Simone. »Was verschafft uns die Ehre? Wir haben gerade Kaffee gemacht. Und warum hast du diesen blauen Fleck unter deinem Auge?«

»Ein Faustschlag. Das erkläre ich dir später. Ich bringe etwas Süßes mit: Zimtschnecken. Ich habe noch Zeit, bis ich weitermuss. Und wollte euch sehen. Und vor allem wollte ich auch dich sehen, Luisa, unsere kranke Maus!«

Luisa hatte ihm die Tüte aus der Hand genommen und eine der Schnecken hervorgeholt. Mit ihrem Hundeblick schaute sie Simone an, die ihr lächelnd zunickte. Sofort biss sie in die Schnecke und stürmte zurück in die Küche. Die Erwachsenen folgten, während Simone und Benno noch ihre angefangenen Sätze zu Schulsystem und Gleichstellung zu Ende brachten. Dann fragte Simone:

»Warum hast du auf einmal doch Zeit? Ich dachte, heute sei alles super dringend bei dir?«

Benno hatte ihnen Kaffee eingeschenkt. Niemand nahm Milch dazu, sie tranken ihn schwarz mit Zucker. Es duftete in der gemütlichen Küche, die zwar nicht so groß war, wie man es von den Wohnküchen der Gründerzeitbauten von Berlin oder Wien kannte. Aber die Känzigs hatten sie schön eingerichtet. Während Simone ein Flair für Regalaufteilung und Stauraumoptimierung hatte, glänzte Leo eher bei den stimmungsvollen Lampen, die er secondhand in Brockis und im Netz gekauft hatte, und bei den Zimmerpflanzen, die auch in der Küche auf kleinstem Raum gediehen.

Er nahm einen großen Schluck Kaffee und antwortete:

»Es ist alles super dringend heute. Aber es gab grad eine Lücke, nachdem ich im Bücher Brocky das Schließfach von Kurt Hofer geleert habe. In einer halben Stunde treffe ich Sam und zeige ihm die Dokumente. Ich war so nah von euch, am Bahnhof Enge, da hatte ich Lust, euch zu sehen. Und ich bin auch froh, dass es Luisa wieder recht viel bessergeht, oder? Vielleicht kann sie morgen wieder in die Krippe?«

Bei dieser Frage hatte er schräg über den Tisch hinweg zu Simone geschaut. Sie genoss den Kaffee und das Gebäck offensichtlich. Doch als sie die Tasse wieder abstellte, blickte sie recht grimmig drein.

»Danke für deinen Besuch und die feinen Schnecken, Leo«, sagte sie. »Ich erinnere mich gut daran, wie du dieses Süßgebäck aus dem Norden früher so oft selbst gemacht hast. Wie das geduftet hat in unserer Küche. Damals warst du irgendwie präsenter, hast dir einfach die Zeit genommen, die fürs Backen nötig gewesen ist. Jetzt bist du so oft in Eile. Auch dein Besuch heute ist ja nicht ganz entspannt, du musst schon bald wieder los. Dabei brauchen viele Dinge einfach die Zeit, die sie brauchen. Das gilt ganz besonders für Kinder. Ist eins krank, dann braucht es Zeit, um zu genesen. Selbst wenn es halbwegs wieder gesund scheint, braucht es oft noch einen Tag länger, um wirklich wieder ganz auf den Füßen zu stehen. Das gilt auch für unsere Luisa. Ich kann dir sagen, dass sie noch nicht völlig fit ist und morgen noch zu Hause bleiben wird. Und dann geht es wieder los mit unserer Diskussion: Du findest, sie soll in die Kita – ich will sie daheim behalten. Wer hat recht? Und wer bleibt mit ihr daheim?«

Benno schielte an die Decke. Leo blickte zu Boden. Er wusste, dass Simone Luisas Gesundheit besser einschätzen konnte als er. Ihm fiel es nämlich enorm schwer, schon nur mal einen halben Vormittag krank zu Hause zu verbringen. Und sich bei der Arbeit abzumelden, weil er daheim sein krankes Kind pflegen musste, fiel ihm noch doppelt so schwer. Aber er war bereit zu lernen und hoffte, den Fall Kurt Hofer heute noch abschließen zu können.

»So machen wir es. Luisa bleibt morgen noch zu Hause. Und ich auch. Ich informiere später die Einsatzplanung, damit sie bei den Pikettfahrern schon mal vorsondieren können.«

»Sonst kann ich morgen auch noch mal kommen.« Benno klopfte mit dem Kaffeelöffel auf dem Tisch einen sanften Rhythmus. »Ich bin im Homeoffice und würde einfach den Compi wieder mitnehmen, so wie heute. Klar, ich müsste auch arbeiten, aber das hätte ich schon im Griff.«

Leo und Simone sagten Danke zu Benno, dem lang-jährigen Freund, der selbst keine Kinder hatte und für sein Patenkind Luisa alles gab. »Das wird nicht nötig sein«, meinte Simone und goss Kaffee nach, »Leo kann übernehmen, hat er ja gesagt.«

Leo nickte, obschon es ihm nicht unrecht gewesen wäre, Benno doch zu verpflichten. Zumindest präven-tiv, falls mit seiner Fahndung etwas schieflaufen sollte. Was nicht ganz abwegig war. Etwa, wenn jemand im Bücher Brocky Hofers Leiche entdeckte und der Polizei meldete? Oder wenn Sam aus den vertraulichen Doku-menten auch nicht schlau wurde und sich daraus keine Fährte zur Täterschaft ableiten ließe?

Wenn es dumm läuft, verbringe ich die Nacht und die kommenden Tage bei Habegger in der Untersuchungs-zelle, dachte Leo mit Grauen.

»Ich geh noch zu Luisa, bevor ich weitermuss«, sagte er und stand auf. Benno und Simone nahmen ihren Gesprächsfaden zu Schulsystem und Gender wieder auf. Im Hintergrund tönte Norah Jones aus dem Radiogerät.

Leo schritt über die weinroten Küchenfliesen und das knarzende Parkett im Flur zu den Kinderzimmern. Lauras Zimmer war leer, sie war bei den Großeltern. Aber ein vertrauter Duft stieg ihm in die Nase. Diese Mischung aus Babypuder, Milchflasche, Windelinhalt und abgestandener Luft aufgrund von vielen Stunden Schlaf und vielen Stunden Geschrei.

Bei Luisa riecht es anders, dachte Leo, als er ihr Zimmer erreicht hatte. Schon mehr nach Kind, ohne diese sanften Noten von Milch und Windel. Mehr nach Spiel, Lektüre, Konzentration und Kissenschlacht. Er liebte es, mit Luisa herumzutoben. Er nahm sie auf den Rücken, ging auf alle viere und spielte »Kamel« mit ihr. Er stieß sie auf seinen Fußsohlen liegend mit den Beinen ganz nach oben, hielt sie an ihren Händchen fest und nannte das Spiel »Kran fahren«. Er verkleidete sich mit ihr, wurde zum Waldwesen, zur Sagenfigur, zum edlen Ritter. Und dann machten sie Piratenüberfälle auf Simone mit dem unverhohlenen Ziel, in der Küche Süßigkeiten zu erobern. In diesen Rollenspielen lebte Leo auf, er tauchte ein in die Phantasiewelten und war kaum zu bremsen. Leider kamen diese Spiele immer seltener vor, was er selbst auch sehr bedauerte. Im Moment war das Vorlesen von Büchern die Beschäftigung, die Luisa und Leo am meisten gemeinsam zelebrierten.

Luisa lag im Bett und blickte ihn erwartungsvoll an. Ihre Augen wirkten tatsächlich ein wenig fiebrig. Sie hatte eine stattliche Anzahl Bilderbücher vor sich ausgebreitet, so dass man meinen konnte, sie würde einen Messestand für Atlantis Kinderbücher vorbereiten. Sie lächelte und winkte Leo zu sich.

»Papa, liest du mir vor? Pettersson und Findus, bitte.«

»Aber das habe ich schon hundertmal vorgelesen«, sagte Leo mit ironischem Unterton. »Warum nicht ein anderes?«

»Nein, die Geburtstagstorte, bitte!«

Dass er zunächst ein anderes Buch vorschlug, gehörte ebenso zu ihrem Ritual wie Luisas Reaktion, auf der Geburtstagstorte zu beharren. Sie schmunzelten beide, dann klappte Leo das Buch auf und fing mit der Stelle an, als Findus frühmorgens aufwacht und davon überzeugt ist, heute sei sein Geburtstag. Obschon er diesen erst kürzlich zum zweiten oder dritten Mal in diesem Jahr gefeiert hat.

»Ob Pettersson ihn vergessen hat? Wenn Pettersson meinen Geburtstag vergessen hat, dann gibt es keine Pfannkuchentorte. Und wenn es keine Pfannkuchentorte gibt, sterbe ich vor Hunger.«

Im Nu waren Vater und Tochter in die Geschichte abgetaucht. Das ganze Buch würde Leo ihr aber nicht vorlesen können. Ein Blick aufs Handy zeigte ihm, dass er bald losmusste. Er las noch die Seite fertig:

»Wo ist denn das ganze Mehl abgeblieben? Hast du es etwa aufgegessen, Findus?«

»Wieso ich? Ich habe doch noch nie Mehl gegessen.«

Sie lachten herzhaft. Wie immer an dieser Stelle. Dann schlug Leo das Buch zu, legte es aufs Bett und drückte Luisa fest an sich. »Heute Abend bin ich zurück und lese den Rest vor, o. k., meine Große? Und du passt inzwischen auf, dass die ganzen Mucklas aus dem Buch nicht zu uns in die Wohnung spazieren und hier Schabernack machen, o. k.?«

Luisa ließ ein leises »o. k.« hören, zog die Mundwinkel nach unten, senkte den Kopf und ließ die Schultern hängen. »Immer bist du weg«, sagte sie, ohne zu ihm aufzuschauen. »Warum musst du immer Tram fahren oder dich mit fremden Leuten treffen? Du könntest dich auch mit uns treffen. Und wenn Mama vorliest, dann kann sie das mit den vielen Stimmen für Findus und für die Mucklas nicht so gut wie du.«

Leo spürte einen Stich im Herzen. Gewiss war er nicht immer zu Hause, aber wenn er bei Luisa war, dann war er ganz präsent. Zum Beispiel legte er sein Handy konsequent weg beim Spielen und Vorlesen. Er schaute oft erst nach Stunden wieder darauf und nahm in Kauf, Sam oder Charlotte verspätet zu antworten. Und was bedeutete »immer Tram fahren« und »dich mit fremden Leuten treffen«? Im Vergleich zu was oder wem? Aber so konnte er nicht kalkulieren. Hatte Luisa subjektiv das Gefühl, zu kurz zu kommen, dann war das für sie auch so. Und dann sollte er etwas dagegen tun. Aber erst nach der Aufklärung des Hofer-Falles.

»Luisa, wir haben bald wieder mehr Zeit, das verspreche ich dir. Dann spielen wir wieder Piraten und all das. O. k.?«

»O. k.«, sagte sie nun freundlicher und schaute Leo dabei mit einem Lächeln an.

Er ging zurück in die Küche, wo er sich von Benno mit den Worten verabschiedete: »Wenn alle Stricke reißen, würde ich mich morgen bei dir melden, mein Guter. Vielen Dank.« Benno stand auf, die beiden umarmten sich. Dann stand auch Simone auf und flüsterte ihm bei der Umarmung ins Ohr: »Mach's gut, Leo, pass auf dich auf. Ein blaues Auge reicht ja wohl. Du weißt, du solltest eigentlich die Polizei einschalten wegen diesem toten Hofer. Aber weil du früher selbst Polizist gewesen bist, wirst du wissen, was du tust. Ich wäre einfach froh, du könntest heute Abend und vor allem morgen bei Luisa sein.«

Leo stürmte aus der Haustür und schwang sich aufs Bike. Im Nu war er zurück beim Bahnhof Enge. Er fuhr an der Tonhalle vorbei zum General-Guisan-Quai. Dort versuchte er, mindestens ebenso schnell wie die Autokarawane zu sein, damit er auf der Straße nicht zum Hindernis wurde. Auf den Radstreifen ausweichen mochte er nicht. Der war ihm zu überfüllt mit Plauschradlern, E-Scooter-Fahrern und fotografierenden Chinesinnen. Klingelte man, um sie zum Verlassen des gelb markierten Velostreifens zu ermuntern, bewegten sie sich wie aufgescheuchte Hühner. Als wäre es ein Naturgesetz, meistens in die falsche Richtung. Nämlich direkt in sein Vorderrad hinein.

Auf der Seestrasse schaltete er auf den großen der zwei vorderen Zahnkränze. Stufenweise klickte er den hinteren Kranz aufs kleinste Zahnrädchen und brachte so sein Bike in die Nähe der fünfzig Stundenkilometer, mit denen die Autos fuhren. In solchen Momenten war er hellwach. Eine falsche Bewegung konnte er sich mitten im Strom der Blechkarossen nicht leisten. Er genoss den Zustand dieser Wachheit. Weil er um sich herum alles intensiver wahrnahm.

In der Nähe der Badi verließ er die Autostraße und bog auf die Seepromenade ein. Er musste absteigen und schieben, weil so viele Menschen unterwegs waren. Zwei Kinder spielten unter einem großen Baum mit den ersten Kastanien, die der beginnende Herbst von den Zweigen geholt hatte. Obschon die Eltern zum Aufbruch drängten, kauerten die beiden unbeeindruckt bei den rehbraunen Früchten am Wurzelwerk und behinderten den immerwährenden Strom der Flanierenden, die über den Kies am See entlang spazierten. Der Vater hatte bereits einen roten Kopf, die Mutter hielt ihn beschwichtigend am Unterarm fest. Daneben stand eine Großfamilie, deren Wurzeln im Balkan liegen mussten. Die Gruppe musizierte mit Gitarre, Handorgel, Geige und einer Darbuka. Känzig mochte diese Musik und musste einen Moment stehen bleiben, auch weil der enge Durchgang von den vielen Schaulustigen versperrt war.

Ein Mann holte ein Mikrophon hervor und stimmte eine sehnsüchtige Melodie an. Eine alte Frau und ein ganz junges Mädchen, vermutlich Großmutter und Enkelin, stellten sich in die Mitte der Menschentraube. Sie begannen einen Bauchtanz. Beide trugen Seidentücher mit kleinen Glöckchen um die Hüften und schwangen ihre Becken im Takt hin und her, auf und ab. Fein klangen die Glöckchen. Je nachdem, woher der Wind kam, hörte man sie lauter oder leiser. Der Sänger, der Vater des Mädchens, dachte Känzig, sang immer eindringlicher. Ein kleiner Junge, jünger als das Töchterchen, ging mit dem Hut herum und bat um eine Spende, indem er »Money!, Money!« rief. Die Bauchtänzerinnen tanzten mit gesenktem Blick. Das Mädchen, noch ein Kind, bewegte seine Hüften so ruckartig, als würde es von Krämpfen geschüttelt. Die alte Frau tanzte ebenfalls ruckartig und seltsam körperlos. Der Tanz der beiden wirkte sonderbar mechanisch, wie von Automatenpuppen vollführt. Ihre Mimik zeigte kein Lächeln, ihre Blicke waren nie auf das Publikum gerichtet, sondern schweiften in eine imaginierte Ferne.

Dann war das Stück zu Ende, die Zuschauer ließen einen verhaltenen Applaus ertönen und zerstreuten sich in alle Richtungen. Känzig stieg wieder aufs Rad und war wenig später bei der Uto-Badi angelangt. Nachdem er das Drehkreuz mit seiner Jahreskarte passiert hatte, entdeckte er Charlotte hinter dem Tresen. Was für ein Glück, dass sie heute arbeitet, dachte er. Sie würde ihm sofort ein Zimmer für seine Recherchen und sein Gespräch mit Sam zur Verfügung stellen. Und natürlich würde er sie wenn möglich einbeziehen in die Aufklärung von Hubers Tod. Sechs Augen und Ohren bekamen schließlich mehr mit als zwei oder vier.

15

Hallo Charlotte, wie geht's«, begrüßte er sie in einem Tonfall, der Gelassenheit ausdrücken sollte. Doch die Angesprochene fragte ohne Umschweife:

»Ah, Leo, du steckst bestimmt in deinem Fall mit dem Mann von gestern Abend und dem Schließfachschlüssel fest, stimmt's? Was hat sich da ergeben?«

Froh darüber, doch keine langfädige Annäherung machen zu müssen, erzählte ihr Känzig alles, was passiert war. Nur dass er nach dem Faustschlag des unbekannten Mannes Sterne gesehen hatte und fast kollabiert wäre, ließ er beiseite. Seine Schwellung unter dem rechten Auge war bereits stark abgeklungen, das Kühlkissen hatte geholfen. Als er fertig war, sagte er zu Charlotte, sein Freund Sam werde sogleich eintreffen, und fragte, ob sie nicht auch Zeit habe, sich mit ihnen über das Dossier zum Einser-Tram zu beugen.

»Du hast einfach einen sechsten Sinn für abstruse Ungereimtheiten und menschliche Abgründe aller Art«, erklärte er schmeichelnd.

Charlotte riss lächelnd ihre Schürze vom Leib. »Also gut, eine Stunde. Maximal. Ich sage es Linda, sie soll übernehmen. Heute ist nicht so viel los.«

Känzig bedankte sich und bat sie, eines der Massagezimmer aufzuschließen. Sie nickte und holte den Schlüssel.

Dann traf Sam ein. Er fuhr selten Fahrrad, also hatte er den Vierer genommen und war bei der Kreuzstrasse ausgestiegen. Zur Begrüßung warf er Känzig einen vorwurfsvollen Blick zu wie ein Lehrer, der seinem Lieblingsschüler eine missratene Deutschprüfung zurückgeben muss. »Was hast du dir bloß dabei gedacht, Leo«, stöhnte er.

Die Antwort kam von Charlotte, die mit drei großen Gläsern gespritztem Weißen in der Hand an Känzig vorbei in Richtung der Massageräume marschierte.

»Was er sich gedacht hat, spielt jetzt keine Rolle. Viel wird es eh nicht gewesen sein. Wir müssen mit dem, was ist, Vorlieb nehmen. Denn das ist mehr als genug. Das, was hätte sein können oder noch kommen könnte, schieben wir mal schön beiseite.« Die Eiswürfel in Charlottes Gläsern klirrten und verbreiteten einen Hauch von Feierabendstimmung. Wie recht sie hat mit ihrem Pragmatismus, befand Känzig. Dann klopfte er Sam zur Versöhnung auf die Schulter. Und nutzte die Gelegenheit, ihn und Charlotte einander ein Stück näher zu bringen, indem er ihr ein Kompliment machte. Denn sein Freund mochte Charlotte nicht sonderlich. Er hielt sie für kompliziert und exaltiert. Leo aber sprach ihr ein dickes Lob aus: »Charlotte, was wären wir ohne deine Gnade, die Dinge beim Namen zu nennen? Und was wären wir ohne deinen gespritzten Weißen?«

Im Massagezimmer öffnete Charlotte die Gardine am Fenster, sodass mehr Licht hereinkam und man den Blick über den See schweifen lassen konnte. Weit draußen fuhr ein Ruderer auf einem schmalen Einsitzer stadtauswärts. Immer wenn er beim Rückwärtsziehen der Ruder am äußersten Punkt der Belastung angekommen war, schien er mit einem merkwürdigen Ruck aus den Schultern und dem Nacken heraus noch ein Quäntchen mehr Schwung herausholen zu wollen. Känzig beobachtete ihn fasziniert. Derweil machte Charlotte die Massageliege frei und stellte sie höher, sodass aus ihr ein Stehtisch wurde. Der Ruderer erinnerte Känzig an das bauchtanzende Mädchen am See. War dessen Hüftschwung nicht genauso ruckartig und mechanisch gewesen wie die Rudertechnik des Unbekannten?

Charlotte stellte die Weißweingläser mitsamt Servierbrett auf die Liege. Sie stießen an und nahmen alle einen großen Schluck.

Känzig holte das Dossier zum verschwundenen Tram hervor und legte es auf die Liege. Bevor er es aufmachte, fasste er den Stand der Erkenntnisse kurz zusammen. Sam hatte das meiste bereits am Telefon von Leo erfahren und hörte konzentriert zu. Charlotte erfuhr erstmals von den Begebenheiten und ließ ein »Nicht wahr!«, »Gibt's doch nicht« und ein »Unglaublich!« vernehmen. Dann sagte Känzig: »Wir müssen herausfinden, warum sich Kurt Hofer so sehr für das verschwundene Tram 1 interessiert hat. Und ob das in irgendeinem Zusammenhang steht zu seinem Ableben. Und was es mit den 300 Briefumschlägen auf sich hat, die wir in seinem Fach gefunden haben.«

Leo Känzig blätterte vor Charlotte und Sam den ersten Teil des Dossiers im Schnelllauf durch. Zu diesem und jenem Sachverhalt gab er Erklärungen ab. Bis zu jener Stelle die mit der Überschrift »Vertraulich« begann. Nun studierten die drei jede Seite akribisch. Wobei

Charlotte und Leo so häufig vom Weißwein nippten, dass Charlotte bald zum Handy griff und bei ihrer Kollegin Linda Nachschub bestellte.

Sam, der sich mit Zürichs Tramgeschichte bestens auskannte, sah sich die Offerten der Tramlieferanten an. Insbesondere jene der Maschinenfabrik Oerlikon MFO. Die Firma hatte damals der Stadt die Mehrzahl der benötigten Tramkompositionen geliefert. Das hatte sich in Richtung eines Monopols entwickelt. Die Geschäfte waren meistens durch die Hände von Stadtrat Hans Opfiker gegangen, machte es den Anschein. Oft hatte aber das Parlament die hohen Summen absegnen müssen, wenn nicht sogar die Stimmbevölkerung. Also alles in Ordnung?

Die folgenden Seiten ergaben ein anderes Bild. Sam klopfte mit dem Zeigefinger auf eine Folge von Dokumenten und sagte mit erhobener Stimme:

»Dieser Schriftwechsel zwischen Stadtrat Opfiker, der Maschinenfabrik Oerlikon und der Privatbank Hofer & Cie. belegt, dass diese drei alles darangesetzt haben, das Tram 1 zu retten. Weil man befürchtet hat, es könne mit der Abschaffung des Einser-Trams zu einem Dammbruch kommen und eine Tramlinie nach der anderen würde der Modernisierung zum Opfer fallen. Diese Sorge hat Stadtrat Opfiker in deutlichen Worten geäußert, jedoch hinter vorgehaltener Hand innerhalb seines eigenen Zirkels. Weil er selbst ein Freund der Straßenbahn war. Er hat abzuwenden versucht, dass sein Departement Arbeiter entlassen musste, namentlich Gleisbauer.«

»Ein Stadtrat, der ein Tram-Fan ist und mit solchen ganz persönlichen Motiven abwehren will, dass die Stadt

Trolleybusse kauft – ist ja abgefahren«, sagte Charlotte und blickte Sam anerkennend an.

Die beiden kommen sich langsam näher, stellte Leo zufrieden fest. »Welche Rolle haben denn die MFO und die Bank Hofer gespielt?«, fragte Charlotte.

»Auch für den Direktor der MFO, Peter Schiesser, stand vieles auf dem Spiel«, erklärte Sam. »Schiesser hat einen empfindlichen Umsatzrückgang befürchtet, wären die Trambestellungen der Stadt ausgeblieben. Auch er hat dafür gekämpft, dass sein Betrieb keine Stellen streichen musste. Und das galt auch für die Bank Hofer: Sie hat als Hausbank der MFO agiert und die hohen Kredite gesprochen, die es für solche kostspieligen Infrastrukturprojekte brauchte. Die Zinsen, die der Bank für dieses Risikokapital zugekommen sind, hatten großes Gewicht. Diese Geldquelle sah Adalbert Hofer, der Direktor der Privatbank, durch die Einsetzung von Trolleybussen in Gefahr. Was berechtigt war. Denn die Busse wären nicht bei der MFO gefertigt worden, sondern bei der Konkurrentin Bucher in Aarbon, die ihre eigenen Geldgeber hatte.«

Leo und Charlotte schwenkten ihre Weingläser sanft hin und her, die Eiswürfel klirrten leise. Während sie ihre Drinks beinahe geleert hatten, stand Sams Glas noch fast unberührt auf der Liege. Er war viel zu vertieft in die Materie, um an den Wein denken zu können. Wieder und wieder nässte er seinen Zeigefinger, blätterte Seiten vor und zurück, las sich im Eiltempo quer durch Aktenstücke, Memoranden, Abrechnungsbelege und handschriftliche Notizen. Dann hatte er etwas Entscheidendes gefunden:

»Hier haben wir es: Stadtrat Opfiker, MFO-Vorsteher Schiesser und Bankdirektor Hofer haben im Hinterzimmer der Industriellen Betriebe einen Deal vereinbart, wie diese verschlüsselte Aktennotiz vom 19. Februar 1943 belegt. Im Vorfeld der Abstimmung zum Tram 1, die auf März 1944 festgesetzt ist, ließ Opfiker im Januar eine Konsultativabstimmung im neunköpfigen Stadtrat durchführen. Mit einem für ihn ungemütlichen Resultat: Nur vier Mitglieder wollten das Tram 1 behalten, die Mehrheit von fünf Räten sprach sich für den Trolleybus aus. Und was tat der gute Opfiker daraufhin? Er beschloss, einen seiner Tram-feindlichen Stadtratskollegen umzustimmen. Nur so war eine ablehnende Stimmempfehlung des Gesamtstadtrats möglich. Diese wäre ins Abstimmungsbüchlein gekommen und dem Stimmvolk als offizielle Position des ganzen Stadtrates präsentiert worden. Opfiker hat daraufhin entschieden, Finanzvorsteher Ernst Lipp, mit dem er in derselben Partei gesessen hat und auch privat befreundet war, ins Gebet zu nehmen. Als dieser partout nichts wissen wollte von einem Meinungsumschwung zugunsten des Trams, hat ihm Bankier Hofer eine halbe Million Franken als Schmiergeld in Aussicht gestellt. Das steht hier alles unter »Vertraulich«. Diesen Deal konnte Stadtrat Lipp nicht ausschlagen. Der gute Mann hat im Gremium bei der definitiven Abstimmung für das Tram und gegen den Bus gestimmt. Nun waren die Tramfreunde im Stadtrat wie erhofft in der Mehrzahl. Und die Abstimmungsempfehlung der Behörde ans Volk lautete folglich: Nein zum Trolleybus, Ja zum Tram.«

»Krass!«, riefen Leo und Charlotte gleichzeitig. Ihre

Weingläser waren so trocken wie die Pointen von Peach Weber. Selbst das leicht aromatisierte Wässerchen aus den geschmolzenen Eiswürfeln hatten die beiden vom Boden des langbauchigen Glases weggeschlürft.

»Aber das ist Amtsmissbrauch und Korruption und noch vieles mehr«, eiferte sich Charlotte.

Sam nickte. Seine Stirn lag in Falten, seine Augen signalisierten höchste Konzentration. Er blätterte im Dossier und fuhr fort:

»Damit nicht genug, haben sich Opfiker, Schiesser und Hofer auch auf die Zeit nach der Abstimmung vorbereitet. Denn sie waren überzeugt, den Urnengang zu gewinnen. Für die heiße Phase haben Schiesser und Hofer ein überparteiliches Komitee gegründet, das vor allem die Gewerbler ansprechen sollte. Hofer hat für die Abstimmungspropaganda eine Kriegskasse eingerichtet, in die er nach dem Schmiergeld an Lipp eine weitere halbe Million einbezahlt hat. Denselben Betrag hat auch MFO-Chef Schiesser aufgeworfen. Und könnt ihr euch vorstellen, was die Herren für die Zeit nach dem Abstimmungssieg geplant hatten? Was hier in den geheimen Akten steht?«

Sam sah vom Dossier hoch und warf Leo und Charlotte einen fragenden Blick zu. Als sie beide den Kopf schüttelten und Sam zur Antwort auf seine Frage ausholen wollte, klopfte es an der Tür. Geöffnet wurde sie von Linda, Charlottes Kollegin, die eine neue Portion gespritzten Weißen vorbeibrachte und sich hastig wieder verabschiedete. Leo und Charlotte murmelten ein Dankeschön und schlürften sogleich am kühlen Getränk. Sam aber ließ es stehen und kam auf seine Frage zurück:

»Opfiker, Schiesser und Huber waren davon überzeugt, nach gewonnener Abstimmung die Engpässe des Einser-Trams beheben zu können, vor allem im Zeltweg und in der Militärstrasse. So hätten sie die Tramlinie langfristig sichern wollen. Dazu waren aber Zwangsenteignungen von Liegenschaften nötig. Das wurde von eigens einberufenen Fachleuten bekräftigt. Doch war bei solchen Maßnahmen immer mit langwierigen Verhandlungen zu rechnen. Und sie waren im Volk sehr unpopulär und politisch umstritten. Also haben unsere drei Tramfreunde beschlossen, eine illegale Abkürzung zu nehmen. Sie gründeten die einfache Gesellschaft Limmat-Immo, die von Bankier Hofer mit einer weiteren halben Million Franken alimentiert wurde. Deren Zweck war es, Immobilien entlang der Tramroute der Linie 1 aufzukaufen.«

Sam nickte. Dass es Pläne gegeben hatte für solche Enteignungen, war gerüchtehalber schon länger bekannt gewesen. Auch er hatte davon gehört. Nun aber hatte er die Bestätigung dafür schwarz auf weiß.«

Leo und Charlotte schluckten leer. Nicht nur, weil ihre Gläser bereits wieder fast nichts Flüssiges mehr enthielten. Sondern vor allem weil Sam ihnen einen veritablen Politskandal schilderte, der sich in der Stadt Zürich in den Nachkriegsjahren abgespielt hatte.

Von draußen drangen Stimmengewirr und Gepolter ins Massagezimmer. Offenbar waren mehr Gäste ins Bad gekommen. Charlotte schaute auf ihr Handy, um zu sehen, ob sich Linda gemeldet hatte und Hilfe brauchte. Aber das war nicht der Fall.

»Stadtrat Opfiker hat der Scheinfirma Limmat-Immo,

deren einziger Mitarbeiter Bankier Hofer war, Brief-
papier und weiteres Material mit dem offiziellem Stadt-
logo zur Verfügung gestellt«, fuhr Sam mit seinen Aus-
führungen fort. »Dieses hat er im Amt heimlich mit dem
Schriftzug der Limmat-Immo ergänzen lassen. Wann
immer Bankier Hofer einen Hausbesitzer kontaktiert
oder einer Erbengemeinschaft eine Offerte unterbreitet
hat, entstand beim Gegenüber der Eindruck, er wäre im
offiziellen Auftrag der Stadt gekommen. Diese brauchte
unbedingt Land zum Ausbau der Tramlinie. So ist es
Hofer gelungen, in den Besitz von drei stattlichen Mehr-
familienhäusern zu einem Verkehrswert von gut neun
Millionen Franken zu kommen.«

Sam machte eine Pause und griff nun seinerseits zum
Weinglas, in dem die Eiswürfel restlos geschmolzen
waren und den Drink stark verwässert hatten. An der
Grimasse, die er nach einem kräftigen Schluck zog, war
erkennbar, dass es sich hier um einen Biertrinker in Ver-
legenheit handeln musste. Er stellte das Glas wieder ab
und sagte:

»Stellt euch vor, da wurden illegal Häuser enteignet!
Das steht alles in diesen vertraulichen Dokumenten. Die
Gelder dafür stammten aus einer schwarzen Kasse, die
Opfiker in seinem Departement eingerichtet hatte.«

»Aber die Abstimmung …Wie ist die damals ausge-
gangen?«, fragte Charlotte.

Sam wusste Bescheid. »Die Abstimmung vom 21. Mai
1944 ergab ein Mehr von siebzig Prozent für die Trolleybusse und bedeutete das Ende des Einser-Trams.«

»Mein Gott«, flüsterte Leo Känzig. Korrigierte sich
aber sogleich, weil ihm der Ausspruch ein Flashback zu-

rück zu Diego Cruz' Kellerverlies mit dem toten Hofer und den vielen Devotionalien bescherte. »Ich meine, was für ein Skandal! Da ist in den vierziger Jahren so viel Schwarzgeld geflossen, um das Einser-Tram zu retten. Wer hätte das gedacht …«

»Es wollten alle ihre Pfründe verteidigen«, sagte Sam und schaute um sich, um zu sehen, ob Linda in der Nähe war. Bei ihr hätte er den gespritzten Weißen gern gegen eine Stange eingetauscht. Doch sie ließ sich nicht blicken, vermutlich hatte sie Gäste zu bedienen.

Charlotte starrte nachdenklich auf das Dossier. Dann stellte sie die Frage, die bislang untergegangen war:

»Aber was hatte Kurt Hofer mit alldem zu tun? Warum hat er all diese Briefe und Dokumente gesammelt? Wie ist er überhaupt zu dem Material gekommen? Ich habe einen Verdacht: Wenn der einflussreiche Bankier Hofer hieß, und unser Kurt heißt ebenfalls Hofer, dann besteht da vielleicht eine familiäre Verbindung. Schaut man die Jahrgänge an, könnte Adalbert Hofer Kurt Hofers Großvater gewesen sein. Und es ist anzunehmen, dass die Privatbank Hofer & Cie. heute noch existiert und unterdessen von Kurt Hofers Vater geführt wird.«

»Allerdings«, bemerkte Känzig verblüfft. »In Kurts Schließfach lagen mehrere Jahresberichte der Privatbank Hofer. Ich habe mich schon gewundert, was einer wie er mit solchen Hochglanzbroschüren anfangen wollte. Ich habe die Berichte überflogen und den Eindruck gewonnen, die Bank sei äußerst erfolgreich. Sie hat letzthin sogar eine Filiale in Katar eröffnet. Und sie betont in all ihren Schriften, eine inhabergeführte Bank mit langjähriger Familientradition zu sein.«

»Dann besteht da eindeutig ein Zusammenhang«, folgerte Charlotte. »Und zwar ein brisanter: Der Grundstock des heutigen Reichtums der Privatbank Hofer & Cie. basiert auf illegalen Liegenschaftsaufkäufen, bezahlt auch mit Stadtzürcher Steuergeldern. Zudem hat Großvater Hofer einen Stadtrat mit einer halben Million Franken bestochen.«

»Aber dieser Stadtrat hat sich eben auch bestechen lassen«, sagte Sam. »Der steckt genauso tief drin wie die anderen, die mitgemauschelt haben. Ob die Delikte noch justiziabel sind, ist aber sehr fraglich. Vermutlich sind die Verjährungsfristen für Bestechung, Betrug, Urkundenfälschung und so fort nicht besonders lang. Ich fürchte, wir sprechen von zehn bis maximal fünfzehn Jahren. Und die Liegenschaften müssten eigentlich ins Eigentum der Stadt rücküberführt werden. Die drei unrechtmäßig aufgekauften Häuser sind stillschweigend im Besitz der Hofers geblieben. Vielleicht gibt es aber ein Instrument, um eine Zwangsenteignung rückgängig zu machen. Eine verrückte Geschichte, nur um eine Tramlinie vor dem Untergang zu bewahren.«

16

Durch das Fenster im Massagezimmer der Uto-Badi sah Leo Känzig den Ruderer von vorhin in die andere Richtung zurückfahren. Jetzt wirkte sein Zucken mit Schulter und Nacken spiegelverkehrt und noch skurriler.

Er spürte deutlich, wie ihn die neuesten Wendungen im Fall Hofer nervös machten. Vielleicht war der Ruderer draußen ebenfalls mit irgendeiner Anspannung in sein Boot gestiegen und hatte versucht, den Druck, der ihm auf den Schultern lastete, mit vollem Körpereinsatz aufzulösen.

Känzig selbst hatte für die Stressbewältigung in erster Linie das Kältebaden gefunden. Damit angefangen hatte er nach dem Jobverlust bei der Polizei in Uster. Er hatte gespürt, dass er in ein Burnout zu schlittern drohte. Wiederholt hatte er davon gehört, dass kalte Bäder positiv auf die Gesundheit von Körper und Geist wirkten. Tatsächlich hatte er seither nie mehr eine Erkältung gehabt, und auch das Stimmungstief, das sich sonst im Winter regelmäßig eingestellt hatte, war fast gänzlich ausgeblieben. Um in der warmen Jahreszeit nicht auf die wohltuenden Kälteschocks zu verzichten, hatte er sich eine gebrauchte Tiefkühltruhe zugelegt. Und damit in seinem Keller eine eigene Kältesauna eingerichtet.

Laura war noch zu klein, um zu begreifen, was er

da tat. Simone und Luisa aber schüttelten angesichts seines Kältespleens heftig den Kopf. Und weder wollten sie jemals in den kalten See noch in die mit Wasser gefüllte Kühltruhe steigen. Aber das nahm er ihnen nicht übel. Denn mit seiner kalten Passion wollte er nicht missionieren, um neue Anhänger zu finden. Eher sah er das Kältebaden als eine Form der Meditation an. Und als eine gute Gelegenheit, zur Ruhe zu kommen und sich zu fokussieren. Da brauchte es nicht immer mehr Leute, die mitmachten. Sondern lieber weniger, dafür solche, die Sinn hatten für die tiefe Ruhe, die in dieser Praxis steckte. Wer in ein Wasser steigt, das vier Grad oder weniger hat, muss bei der Sache sein, wusste Känzig. Eine regelmäßige Atmung gehörte unbedingt dazu. Auch eine erhöhte Achtsamkeit bezüglich den Signalen des Körpers. Geht es mir gut? Wie viel Kälte verkrafte ich heute? Wie lange bleibe ich drin? Känzig liebte es, diese körperliche Grenzerfahrung in Einklang mit der Natur und in stiller Demut wieder und wieder zu üben. Das stand dann teils im krassen Widerspruch zu den Gelegenheitsbadenden. Sie traten etwa in Form von Firmenteams auf, die sich in der Adventszeit für ein Gruppenevent zum Stammplatz der Kältesportler am Zürichsee begaben. Mit viel Geplapper montierten sie die Badekleider, mit noch mehr Gaudi und Gekreische stiegen sie ins Wasser. Und tapsten nach drei Sekunden wieder an Land und klopften sich unter Gejohle auf die schmalbrüstigen Schultern. Es gab aber auch unter den Habitués die Vielredner und Schwatztanten, die sich im und am Wasser nonstop unterhielten. Über so viel Geschwätzigkeit konnte Känzig nur den Kopf schütteln.

Mehr aber nicht, denn natürlich war er ein Anhänger des liberalen, ja vielleicht sogar stoischen Denkens, wonach jeder nach seiner Façon glücklich werden sollte.

Im Massagezimmer der Uto-Badi war es Charlotte, die nach der Trink- und Denkpause als Erstes wieder lebendig wurde. Ohne eine Ankündigung zu machen, holte sie ihr Handy hervor und wählte eine Nummer. Erst während die Verbindung aufgebaut wurde, teilte sie Känzig und Sami mit, sie kontaktiere ihre Freundin Steff Sulzer. Diese arbeite als Direktionssekretärin bei der Privatbank Conrad. Sie kenne sich in der Branche so gut aus wie ein Oberförster in seinem Revierwald.

Als die Verbindung zustande kam, winkte Charlotte den beiden Männern mit der freien linken Hand und bedeutete ihnen, ruhig zu sein. Sie stellte den Lautsprecher ihres Geräts an, damit Leo und Sam mithören konnten.

»Steff, hallo. Wie gut, dass ich dich so spontan erreiche. Kannst du ungestört sprechen?«

»Hallo Charlotte. Nein, einen Moment, es sind grad Leute hier. Ich gehe auf die Dachterrasse.«

Charlotte legte ihre freie Hand aufs Handy, um das Mikrophon abzudecken. Dann erklärte sie: »Die Bank hat ihre Büros in der Altstadt, bei der Gemüsebrücke. Die Terrasse ist imposant, da war ich auch schon oben.«

Nun hörte man wieder die Stimme von Steff:

»So, nun bin ich ungestört. Schön, dich zu hören, Charlotte, wir haben uns lange nicht gesehen. Wie geht es dir?«

»Gut geht es mir, aber das tut jetzt nichts zur Sache«, blockte Charlotte ab. »Ich habe es eilig, und es ist wichtig. Es geht um einen möglichen Mordfall, und ich möchte mithelfen, ihn aufzudecken. Sagt dir die Privatbank Hofer & Cie. etwas?«

»Natürlich. Die ist in unseren Kreisen bestens bekannt. Ist vor gut hundert Jahren von Adalbert Hofer gegründet worden, der mit Investitionen in den Schienenverkehr Karriere gemacht hat. Heute wird die Bank in dritter Generation von Claude Hofer geführt, auch er wirtschaftet mit Erfolg. Neulich ist sie sogar in den arabischen Markt vorgestoßen. Die Hofers haben in Katar eine Filiale eröffnet. Das ist bemerkenswert. Meiner altmodischen und übervorsichtigen Bank fehlt für so was einfach der Pep. Wie gern würde ich auch einmal ein paar Wochen lang in den Dünen im klimatisierten Büro arbeiten und abends unter Palmen einen Tequila Sunset schlürfen.«

»In arabischen Ländern gilt in der Öffentlichkeit striktes Alkoholverbot, meine Liebe. Und Frauen müssen verschleiert sein. In gewissen Nachbarländern dürfen sie nicht einmal Auto oder Fahrrad fahren«, erwiderte Charlotte trocken. »Außerdem liegt es vielleicht nicht am Pep, weshalb Hofer stärker expandieren konnte als eure Bank. Sondern am vielen Geld, das sich der Bankgründer in den frühen vierziger Jahren illegal aus der Stadtkasse geholt hat. Damit hat er Häuser aufgekauft, deren Wert sich bis heute um ein Vielfaches multipliziert hat. Doch das führt zu weit, erkläre ich dir ein andermal. Ich möchte einfach nur wissen: Hat dieser Claude Hofer, der heute die Bank führt, Kinder?«

»Er hat einen Sohn und eine Tochter, Max und Lotta. Beide stehen in den Startlöchern, um die Bank zu übernehmen. Sie sind beide in St. Gallen an der HSG. Seine

Frau ist die geschätzte Mäzenin Eleonore Hofer, die das Kinderspital genauso wohltätig unterstützt wie die Sozialwerke von Pfarrer Sieber oder den Zoo. So weit alles gut, hätte Claude Hofer nicht diese Affäre mit seiner polnischen Putzfrau gehabt. Er ist der großen, schönen Frau richtiggehend verfallen. Ja, und dann ist aus dieser Liebschaft ein Kind entstanden. Als gläubige Katholikin hat die Polin um keinen Preis in eine Abtreibung einwilligen wollen. Claude Hofer soll ihr eine Million Franken dafür geboten haben. Also ist das Kind eben doch zur Welt gekommen. Die Mutter hat sich einverstanden erklärt, es allein großzuziehen. Dafür hat sie von Claude Hofer eine schöne Summe Geld erhalten, sagt man. Sie hat ihr Kind auf den Namen Pjotr getauft und ihm ihren Familiennamen gegeben, Novak. Dann haben sie jahrelang unauffällig nebeneinander her gelebt, bis Pjotr, ein smartes Kind, irgendwie herausgefunden hat, wer sein leiblicher Vater ist. Ich denke, er wird heute von Vater Claude auch finanziell unterstützt werden, und das nicht zu knapp. Außerdem soll er seinen Namen abgeändert haben und nun Kurt Hofer heißen.«

»Kurt Hofer, sagst du? Und das ist kein Witz?«, fragte Charlotte.

»Nein, diesen Namen kennen alle in der Bankenszene. Er wird aber nur hinter vorgehaltener Hand genannt, versteht sich. Ein uneheliches Kind ist leider beinahe Alltag in unseren Kreisen. Weil sich Geschäftliches und Privates nie ganz trennen lassen. Claude Hofer selbst spricht man natürlich nicht auf seinen Seitensprung und dessen Folgen an, niemals. Das ist Ehrensache. Schließlich ist ein Kind aus einer Affäre etwas, das jedem

Bankier passieren kann. Ein Kavaliersdelikt, gewissermaßen.«

»Weißt du denn auch das ungefähre Alter von Kurt Hofer?«

»Lass mich überlegen. Die Affäre mit der Polin, bei der die Hofer-Bank ziemlich durchgeschüttelt wurde, hat sich, glaube ich, 1979 ereignet. Ich war da relativ neu auf meiner Stelle, und das Gerede und Getuschel war groß. Alle haben befürchtet, dass die Sache auffliegen, in die Medien kommen und der Bank schaden könnte. Außerdem musste verhindert werden, dass Hofers Frau die Scheidung wollte. Was einfacher war, wenn man die Sache komplett unter dem Deckel behielt. Ich weiß noch, dass sich mein damaliger Chef sehr darum bemüht hat, bei Hofers den Haussegen wieder ins Lot zu bringen. Es gab Einladungen zum Nachtessen, zum Golf Spielen oder für ein Wochenende in St. Moritz. Manches davon musste ich als Direktionssekretärin in die Wege leiten und für meinen Chef und für die Hofers die Buchungen tätigen. Dann kam Pjotr oder eben Kurt zur Welt, das war wohl 1980. Er wäre jetzt also 44, vermutlich.«

»Und dann, nach der Geburt, wie ging es weiter?«

»Wenn ich mich richtig erinnere, musste die Mutter mit ihm in eine andere Stadt ziehen. Ich glaube, sie ging nach Basel. Die Polin und Claude Hofer haben offenbar einen Deal gemacht. Auf jeden Fall ist es Direktor Hofer gelungen, den Skandal vor seiner Ehefrau und seinen zwei Kindern zu verbergen. Die Polin und ihr Kind sollten aus dem Leben der Hofers verschwinden. Aber irgendwie hat dieser Kurt alles herausgefunden. Eines

Tages stand er bei Vater Claude auf der Matte. Da ging das Gerede dann von Neuem los. Wieder fürchtete man bei der Bank, die Sache könnte publik werden und dem Traditionshaus schaden.«

»Und wann war das? Ich meine Kurt Hofers Rückkehr?«

»Ich bin ziemlich sicher, dass es im Jahr 1998 gewesen sein muss. Als wir mitten in der Russlandkrise steckten. Und auch die Krise in Asien schon ruchbar wurde. Weil unsere Bank und die von Hofer große Summen an Kundengeldern aus Russland verwalteten, haben sich mein Chef und Claude Hofer mehrfach zu Krisensitzungen getroffen. Ich musste jeweils das Protokoll schreiben. Bei diesen Sitzungen hat Claude Hofer auch ein-, zweimal erwähnt, sein außerehelicher Sohn habe ihn nach vielen Jahren aufgesucht und lebe nun wieder in Zürich. Da wäre er ja achtzehn und damit volljährig gewesen. Er hätte Claude Hofer mit einer Klage auf Feststellung der Vaterschaft behelligen und auch seinen Erbanteil einfordern können.«

»Hat er das gemacht? Weiß seine Familie um den unehelichen Sohn?«

»So, wie mein aktueller Stand an Klatschgeschichten gerade ist, wissen seine Gattin Eleonore und die Kinder bis heute nichts von den Eskapaden ihres Familienoberhaupts. Hätten sie das inzwischen erfahren, dann hätte ich es ebenso erfahren, garantiert. Das hätte mindestens so hohe Wellen geworfen wie seinerzeit die Spesen-Auswüchse bei der Raiffeisenbank.«

»Meine liebe Steff, ich danke dir vielmals, du bist ein Schatz. Und ich verspreche, wirklich bald wieder zu dir

zu kommen und auf dem Dach einen Sunset zu schlürfen.« Charlotte beendete das Gespräch und steckte ihr
Handy wieder in die Handtasche.

»Das ist ja unerhört«, sagte sie zu Leo und Sam.
»Claude Hofer hat ein uneheliches Kind, das er mit viel
Geld abtreiben lassen wollte. Und als das nicht ging, hat
er versucht, es mit ebenso viel Geld aus seinem Leben
zu tilgen.«

»Aber das Kind ließ sich offenbar nicht aus der
Familie löschen«, erwiderte Leo. »Das unerwünschte
Kind namens Kurt Hofer schien ein Talent darin zu besitzen, verborgene Familiengeheimnisse aufzustöbern.
Die ganze Geschichte um das verschwundene Tram,
die auch mit seiner Familie zusammenhängt, hat er
akribisch recherchiert und dokumentiert. Außerhalb
der Hofers weiß aber bis heute ziemlich sicher niemand
davon. Und dasselbe gilt bestimmt auch für Kurt Hofers
eigene Kindheitsgeschichte.«

»Das würde bedeuten«, sagte Sam, »dass es eine Per-
son gibt, die ein virulentes Interesse daran hat, Kurt
Hofer zum Schweigen zu bringen. Nämlich sein Vater,
Claude Hofer.«

Charlotte und Leo nickten. Sam reichte Leo sein noch
zur Hälfte gefülltes Weinglas. Leo nahm es mit einem
gemurmelten Dank an sich, kippte den Inhalt in einem
Zug hinunter und stellte es auf der Massageliege ab.

»Wir müssen Claude Hofer aufsuchen und mit unseren Erkenntnissen konfrontieren«, sagte er.

Charlotte schüttelte den Kopf und deutete mit einem
Handzeichen an, dass sie bei einer solchen Konfrontation
nicht mit dabei sein wollte. Känzig blickte zu Sam, der

zu Boden schaute und sich dabei mit den Vorderzähnen leicht auf die Unterlippe biss. Er rang mit sich, das war ihm anzusehen.

Nach einer Weile sagte er: »Gehen wir.«

17

Auf dem Weg zum Ausgang der Uto-Badi entbrannte zwischen Leo und Sam ein Disput darüber, wie sie am besten zur Augustinergasse kämen, wo sich die Bank von Claude Hofer befand. Leo meinte, sie hätten es sehr eilig und sollten auf jeden Fall Fahrräder nehmen. Weil Sam keines dabeihatte, sollte er das von Charlotte ausleihen. Die besaß ein altes, schweres Hollandrad der Marke Gazelle mit einem einzigen Gang. Mit diesem Viech sei er etwa so schnell am Ziel, wie ein Beamter des Straßenverkehrsamts fürs Abstempeln eines Nummern-schilds brauchte, meinte Sam enerviert.

Leo bot ihm an, sich auf der Fahrt bei ihm unterzu-haken. Dann seien sie immer noch doppelt so schnell, als wenn sie ins Tram steigen würden. Als er zudem seine Befürchtung äußerte, sie könnten unterwegs im Tram von anderen Trämlern erkannt und in ein Gespräch verwickelt werden, hätte Sam fast eingewilligt. Dann aber kam ihm in den Sinn, was noch schlimmer wiegen würde, als auf einer Tramfahrt von anderen Trämlern erkannt zu werden.

»Wenn wir nebeneinander auf den Velos über den Paradeplatz und durch die Bahnhofstrasse fahren, was ja verboten ist, und ich mich sogar noch bei dir einhake, werden wir mit Sicherheit von mehreren Trampiloten erkannt. Die geben unsere Namen dann an die Leitstelle

durch, garantiert. Und vermutlich kriegen unsere Vorgesetzten Wind davon, vielleicht auch die Polizei – und
am Ende sind wir dank eines Leserfotos sogar noch
auf dem Titelblatt der *20 Minuten*. Da mache ich nicht
mit, lieber Leo, das ist es mir nicht wert. Ich nehme das
Tram. Von der Kreuzstrasse mit dem Zweier oder dem
Vierer bis Bellevue, dann mit dem Elfer bis Rennweg/
Augustinergasse. Die paar Minuten, die meine Tramfahrt länger dauert als dein Velosprint, fallen echt nicht
ins Gewicht.«

Leo wusste, dass sein Freund recht hatte. Es wäre verboten gewesen, diese Route zu wählen. Und sie nebeneinander und eingehakt zu fahren, wäre unvernünftig und
riskant gewesen.

Manchmal wusste Leo Känzig selbst nicht so recht,
wie er auf solche Ideen kam. Hartnäckig hielt sich bei
ihm ein Reiz, die Grenzen des Erlaubten und des Ver-
botenen zu hinterfragen und zu strapazieren. Weil er der
festen Überzeugung war, Grenzen seien niemals sakrosankt, sondern immer verhandelbar. Dabei geriet ihm
leicht außer Acht, dass die Anpassung von Grenzen nicht
spontan-situativ und beliebig erfolgen konnte, sondern
nur nach gewissen gesellschaftlichen oder politischen
Regeln. Ein Kollektiv musste nach festgelegten Usanzen
alte Grenzen auflösen und neue beschließen. Wogegen
Leo Gesetzmäßigkeiten am liebsten spontan und in
Eigenregie auf den Kopf stellte. Zumal das lange Zeit so
gewesen war, aber seit er Familienvater war, hatte sich
dieser Charakterzug ziemlich gemäßigt.

Eine Schnellfahrt durch die Bahnhofstrasse auf seinem
Bike und mit seinem Freund Sam auf der Gazelle am

Arm – das hätte ihm gleichwohl schon mordsviel Spass gemacht. Doch nun beschloss er, ohne Groll darauf zu verzichten:

»O. k., Sam. Dann geh du mit dem Tram. Und ich mit dem Velo. Wir treffen uns vor der Bank. Bis bald.«

Die Privatbank Hofer & Cie. befand sich direkt an der Bahnhofstrasse, am Aufgang zur Augustinergasse. Vor dem stattlichen Gebäude versuchte eine ältere Frau, einer Taube Brotstückchen zuzuwerfen. Das Tier stand nur auf einem Bein und schien auch sonst lädiert zu sein, was die zerzausten Federn vermuten ließen. Die Frau hatte eine Atemschutzmaske im Gesicht, als gälten die Notstandsgesetze der Pandemiebekämpfung nach wie vor. Sie trug einen flaschengrünen Faltenrock und eine braune Regenjacke. An ihrer Schulter hing eine speckige, dick gefüllte Handtasche aus hellbeigem Kunstleder. Daraus ragte eine Papiertüte hervor, die einen großen Laib Brot enthielt. Immer wieder zupfte sie davon ein Stück ab und warf es der hinkenden Taube zu. Doch die anderen Tauben, die gesunde Beine und Flügel hatten, waren jedes Mal schneller am Ort und schnappten der Lahmen das Futter vor dem Schnabel weg. Manche schafften es gar, das Brotstück noch im Flug zu ergattern. Andere stießen und schubsten die kranke Taube heftig zur Seite, um besser zu den Brotstücken zu kommen. Da wuchs die Wut der Frau auf die gesunden Tauben und sie begann, ihnen Fußtritte zu verpassen und heftig mit den Armen zu wedeln, um sie zu vertreiben. Es half nichts. Im Gegenteil. Die Tiere wurden nur noch dreister. Eine besonders freche Taube setzte sich plötzlich direkt auf die Handtasche und stocherte von dort aus nach dem Brot. Die Frau verscheuchte sie und ging schimpfend davon.

Leo hatte etwa eine Viertelstunde gewartet, als Sam eintraf. Sie atmeten einmal tief durch und sahen sich an. Das dürfte kein leichter Gang werden, dessen waren sie sich bewusst. Und doch hielten sie mit dem Dossier, das Kurt Hofer zusammengestellt hatte, ein stichhaltiges Beweisstück in der Hand. Alles Weitere, das sie von Charlottes Freundin bei der Privatbank Conrad gehört hatten, konnten sie als Joker ins Spiel bringen, sobald die Situation es erfordern würde.

»Wir müssen strategisch vorgehen«, sagte Leo. »Wir müssen versuchen, Claude Hofer zu einem Geständnis zu bewegen. Wenn er zugibt, dass er seinen unehelichen Sohn ermordet hat, sind wir bei der Polizei fein raus. Oder, Alternative, er hat es nicht selbst getan, sondern in Auftrag gegeben. Auch das müsste er uns beichten. Aber dazu müssen wir sachlich bleiben, so wie es uns Charlotte immer wieder vormacht. Keine Emotionen, nicht laut werden, nicht verurteilen oder beschimpfen. Verstanden, Sam?«

Der nickte und nahm einen letzten Zug von der Zigarette, die er sich auf dem Fußweg von der Halte-stelle zur Bank angesteckt hatte. Er schnippte die Kippe in den gepflegten Vorgarten. »Bringen wir es hinter uns. Oder frei nach Benedict Wells in *Hard Land*: »Auch das geht vorbei.«

Die Vorzimmerdame wollte die beiden Besucher, die ohne Termin erschienen waren, gar nicht erst in die Räumlichkeiten der Bank lassen. Sie trug ein elegantes türkisfarbenes Deuxpièces, das zu einer Stewardess aus den Siebzigern gepasst hätte. Dazu hatte sie sich ein Seidenfoulard mit Rosenmotiven auf hellblauem Grund um Hals und Dekolleté drapiert. Ihre dünnen, blonden Haare hatte sie zu einem Knoten gebunden, der formschön in ihrem Nacken lag wie ein Ei im Osterstroh. Ihre langen, gepflegten Fingernägel leuchteten im selben Türkis wie ihr Kleid. Auf ihrem Schild am Revers stand »Beatrice Hilti, Welcome Desk«.

Ihre äußere Eleganz stand jedoch im krassen Widerspruch zu ihrem Verhalten. Kaum hatten Känzig und Gröbli auch nur einen Fuß ins Bankinstitut gesetzt, sprang sie von ihrem Bürostuhl auf und versuchte, die ungebetenen Gäste zu verscheuchen. Gerade wie die Frau von draußen, die versucht hatte, die dreisten Tauben zu vertreiben.

Leo bedeutete Sam, ruhig zu bleiben. »Lass mich nur machen«, murmelte er. »Frau Hilti, ich verstehe Ihre Einwände. Und sicher gibt es in Ihrer Bank in aller Regel nur Termine auf Voranmeldung. Aber es handelt sich um einen Notfall, der das private Umfeld Ihres Direktors Claude Hofer betrifft. Ich bin sicher, Herr Hofer würde uns sofort zu sich bitten, wüsste er den Grund unseres Besuchs. Nennen Sie ihm als Stichwort einfach den Namen Kurt Hofer.«

Die Hostess sackte leicht in die Knie. Sie mit dem Privatleben Ihres Chefs zu konfrontieren, war ein geschickter Schachzug von Känzig gewesen. Es brachte die Frau in die Bredouille. Sollte es ein Jux gewesen sein, würde sie später dafür geradestehen müssen. Sollte es sich aber um etwas Ernstes gehandelt haben, das tatsächlich die Familie Hofer betraf und dringend war, würde die Stimmung ihres Chefs im Anschluss daran vermutlich ebenfalls in den Keller sinken. Was sie dann genauso zu spüren bekäme.

Beatrice Hilti dachte offensichtlich nach, was das kleinere Übel wäre. Sie schien zwischen Stopp! und Go! zu schwanken — wie ein Teenager, der im Schullager soeben zum ersten Mal von einem andersgeschlechtlichen Wesen zum Paartanz aufgefordert worden war. Sie ballte sogar die Fäuste, um besser nachdenken zu können, und sah Känzig und Gröbli tief in die Augen. Dann setzte sie seufzend ihr Headset auf. Dessen metallener Bügel kam auf ihrem strohblonden Haarei zu liegen wie die Kuchenschaufel auf der Sahnetorte.

»Ich melde Sie bei Herrn Direktor Hofer für eine dringende Besprechung an«, sagte sie schließlich mit gepresster Stimme und tippte auf der Tastatur die Durchwahl ihres Chefs ein.

Fünf Minuten später saßen Känzig und Gröbli jenem Mann gegenüber, den sie am Mittag im Bücher Brocky angesprochen hatten. Worauf er Känzig einen Faustschlag verpasst hatte und Hals über Kopf ins Freie geflüchtet war. Claude Hofer trug noch denselben blauen Anzug. Die rote Krawatte saß perfekt, das Seidentuch in der Brusttasche des Jacketts passte Ton in Ton.

Känzig strich sanft mit dem rechten Zeigefinger über die Stelle an seinem Wangenknochen, wo ihn Hofers Faust getroffen hatte. Die Schwellung war fast abgeklungen, aber der Schmerz hockte noch fest und pochte bis an die Schädeldecke.

Hofers Gesicht machte den Eindruck, als sei auch er soeben einer Schlägerei entkommen. Abgekämpft wirkte der Herr Direktor, den Känzig auf Mitte sechzig schätzte. Claude Hofer bekundete Mühe, seinem Blick standzuhalten. Seine Augen schimmerten farblos wie zwei Regenpfützen auf einem Stück ausgeblichenen, hellgrauen Asphalt. Die schweren Tränensäcke ließen auf schlaflose Nächte schließen. Seine Lippen waren dünn und wirkten gerade so, als säße ihm ein schmaler Reißverschluss im Gesicht.

Tatsächlich schien sein Mund verschlossen, denn Hofer sagte nichts. Keine Begrüßung, keine Frage nach dem Grund für ihr Kommen. Stattdessen sah er mit einem tiefen Seufzer rechts zum Fenster hinaus. Dort schien er den Möwen zu folgen, die am Himmel kreisten und Schreie ausstießen, die fast menschlich klangen.

Dieser Mann leidet, stellte Känzig fest und grämte sich davor, ihn mit seinen unangenehmen Wahrheiten konfrontieren zu müssen. Dass sein unehelicher Sohn tot war. Dass sie in dessen Dossier und im Gespräch mit einer Kennerin der Bankenszene viel Belastendes ans Licht geholt hatten. Aber es führte kein Weg daran vorbei. Denn nur so konnte Känzig seine eigene Unschuld beweisen.

Noch einmal befühlte er seinen schmerzenden Wangenknochen, dann gab er sich einen Ruck.

»Herr Hofer, ich habe Sie ja heute Mittag bereits getroffen. Sie erinnern sich, im Bücher Brocky, bei den Schließfächern. Ich habe Sie angesprochen und gefragt, ob Sie das Fach Nummer 1 mit einem gewissen Kurt Hofer teilen. Worauf Sie mir einen Faustschlag versetzt haben. Dann ist es Ihnen gelungen, zu flüchten. Aber wie wir sehen, hatte Ihre Flucht nicht lange Bestand. Und wie Sie mit Verzweiflung feststellen mussten, haben sie im Brocky den Schließfachschlüssel stecken lassen. Sie hatten keine Zeit mehr, ihn noch einzustecken.«

Känzig blickte zu Gröbli, um sich zu vergewissern, ob er gut unterwegs war und den Ton getroffen hatte. Sam nickte unmerklich.

»Wie Sie sich denken können, haben wir das Schließfach geöffnet und darin allerlei Interessantes vorgefunden. Aber dazu später mehr. Wir haben im Brocky nämlich noch etwas Bedeutsameres vorgefunden als ein gefülltes Schließfach. Und zwar einen Menschen. Sagen wir besser: eine Person, die einmal Mensch gewesen ist. Sie hatte ein großes Loch im Kopf. Eine üble Wunde, die ihr jemand zugefügt hat. Die Person ist daran gestorben, im Verlauf des Montagmorgens. Der Hausmeister des Bücher Brocky hat den sterbenden Menschen in den Keller geholt und ihn zur letzten Ruhe gebettet. Und Sie wissen genau, Herr Hofer, von wem ich rede. Von Ihrem Sohn Kurt Hofer, dem unehelichen Kind, das nicht auf der Welt hätte sein dürfen. Weil es nicht in Ihr Weltbild gepasst hat.«

Dieser Einstieg hatte gesessen, befand Känzig nicht ohne heimlichen Stolz. Mindestens so gut gesessen wie der Hieb des Bankdirektors an seinen Wangenknochen.

Hofer rührte sich nicht und nahm weiterhin die Möwen ins Visier, die irgendwo bei der Rathausbrücke ihre Kreise über der Limmat drehten. Er atmete ruhig, wirkte gefasst. Wie ein Patient, der nach jahrelangen schmerzhaften Beschwerden mit dem Knie endlich vom Arzt die Diagnose erhält, man müsse den Meniskus operieren, eine andere Option gebe es nicht mehr. Natürlich wusste Claude Hofer längst, was ihn erwarten würde. Das Stichwort »Kurt Hofer«, das ihm seine Assistentin am Telefon genannt hatte, war wie ein Faustschlag auf den großen roten Auslöseknopf gewesen, mit dem die Bösewichte in den Kinofilmen ihre Atombomben zündeten. Und damit die ganze Welt ins Verderben stürzten. Claude Hofer wusste mit der Sicherheit eines Meniskusspezialisten, dass bald alles auffliegen würde. Sein ganzes Lügengebäude, das er über Jahrzehnte sorgsam errichtet hatte, würde zusammenstürzen und ihn in den Abgrund reißen.

Hofer drehte den Oberkörper leicht vom Fenster weg. Er beugte sich zum Rand des Schreibtisches vor und fingerte aus einer geblümten Porzellanschale eine Minzpastille, die haufenweise in der Schale lagen. Als er den Mund öffnete und eine Pastille einschieben wollte, nahmen Känzig und Gröbli auf einen Schlag wahr, dass der Herr Direktor starken Mundgeruch verströmte. Es roch nach Fäulnis und Säure, nach Schwefel und Galle. Möglichst diskret und ohne das Gesicht zu verziehen, rückten sie in ihren Stühlen ein Stück nach hinten. Sowie die Pastille in Hofers Reißverschlussmund verschwunden war, ebbte der strenge Geruch auch wieder ab.

Hofer schien handlungsunfähig. Während er wortlos mit der Pastille auf der Zunge leichte Lutschbewegungen vollführte, nutzte Känzig den Moment, um ihn erneut anzusprechen. »Herr Hofer, wir wissen, dass es Ihnen schwerfällt zu akzeptieren, dass Ihr Sohn Kurt aus dem Leben geschieden ist. Aber wir wissen auch, dass Sie Kurt nie als richtiges Mitglied der Familie gesehen haben. Sie haben ihn immer als Gefahr für Ihre Sippe betrachtet. Weiß eigentlich Ihre Frau Eleonore, dass Sie ein uneheliches Kind haben?«

Hofer schwieg weiterhin und schaute zum Fenster hinaus. Die Möwen hatten ihre Flugbahnen verlegt und waren nicht mehr zu sehen. Die Altstadthäuser mit ihren Erkern und Zinnen lagen ruhig da, als hätte sie jemand so gruppiert, dass man direkt von diesem Bürofenster aus ein Motiv für eine Postkarte schießen konnte. Wobei diese träge-gemütliche Altstadtidylle gerade durch das Tram immer wieder empfindlich gestört wurde, wie Känzig schon oft beobachtet hatte. Nicht nur dass die Touristen aus Japan und China nicht wussten, dass jedes Tram immer Vorfahrt hatte. Und zwar selbst am praktisch verkehrsfreien Limmatquai. Viele wollten dort vor dem heranbrausenden Vierer oder Fünfzehner noch die gepflasterte Chaussee überqueren und erahnten nicht, welch langen Bremsweg so ein Vierzigtönner hatte. Ließen Känzig und die anderen Tramführer dann die Warnglocke laut aufschrillen, schreckten die Feriengäste aus ihren Urlaubsträumen hoch wie Borkenkäfer, denen man die Baumrinde weggerissen hatte, die ihnen Schutz und Dunkelheit gespendet hatte, und rannten wie Käfer im grellen Tageslicht um ihr Leben, um einen neuen Zufluchtsort zu suchen.

Auch war Känzig bereits mehrfach in ein schadenfreudiges Schmunzeln verfallen, wenn er aus seiner Tramkabine heraus beobachtet hatte, dass viele Passanten die Höhe der Bordsteinkanten an den Tramhaltestellen am Limmatquai nicht richtig einschätzen konnten. Diese waren gefühlt einen halben Meter tief, um das hindernisfreie Ein- und Aussteigen zu gewährleisten. In

Erwartung eines herkömmlichen Absatzes, bei dem man den Fuß kaum abzusenken brauchte, torkelten die Überraschten zirkusreif über das unverhoffte Hindernis und vollführten Kapriolen, Drehungen und Windungen. Um einen Sturz gerade noch abzuwenden, schlenkerten sie mit den Beinen, ruderten weit ausholend mit den Armen und stießen Stoßgebete und Flüche aus. Solcherlei Slapstick erinnerte Känzig an die Helden der Stummfilmzeit wie Charlie Chaplin und Buster Keaton, deren Filme er liebte. Konnten sich die Bordsteinkantensegler erfolgreich auffangen, was die Regel war, wirkten sie im Anschluss an den Beinahesturz irgendwie lebendiger als zuvor. Hatten rote Wangen und vor Adrenalin glänzende Augen. Sie lachten gelöst, vergossen Freudentränen und ließen sich von ihrer Begleitung in die Arme nehmen.

»Nein, meine Frau weiß es nicht«, sagte Claude Hofer endlich nach einem langen Schweigen. Er sprach jedes Wort leise und langsam aus, als machte dies die Bedeutung des Gesagten weniger schwerwiegend. Seine Stimme klang wie die eines Mannes, der nach einem Kontinentalflug mit schwerstem Jetlag und nach dem Konsum von reichlich Alkohol in einen Tiefschlaf gefallen war und nun ganz langsam wieder zu sich kam.

18

Meine Frau hat meine Affäre mit Kurts Mutter damals mitbekommen. Ich bin blind vor Liebe und zu wenig vorsichtig gewesen. Meine Eleonore und ich hatten eine heftige Krise, es wäre fast zur Scheidung gekommen. Als mir Kurts Mutter zwei Monate später sagte, sie sei schwanger, wollte ich das Kind abtreiben lassen. Aber sie wollte es behalten. Also haben wir vereinbart, dass ich ihr eine anständige Summe Geld bezahle und sie dafür aus meinem Leben verschwindet. Das hat sie gemacht. Sie ist nach Basel gegangen und hat dort ihr Kind bekommen. Ich hatte Ruhe, bis der Junge größer wurde und begann, Nachforschungen anzustellen.«

Känzig und Gröbli saßen in ihren Stühlen und lauschten gespannt. Draußen vor dem Fenster hatte der Himmel bereits eine Nuance von seiner Helligkeit eingebüßt. Es war, als hätte die Dämmerung einen Sepiafilter vor die Sonne geschoben. Zwar mussten sie wegen Hofers Mundgeruch, der wieder stärker geworden war, vermehrt durch den Mund atmen. Aber sie waren froh, dass Herr Direktor Hofer sich mehr und mehr gesprächig zeigte.

»Was für Nachforschungen?«, fragte Sam Gröbli. »Was hat Kurt Hofer wissen wollen?«

»Zuerst wollte er wissen, wer sein leiblicher Vater ist. Er hat seine Mutter so lange unter Druck gesetzt, bis sie es ihm gesagt hat. Obschon dies in der Vereinbarung, die ich mit ihr geschlossen hatte, ausdrücklich untersagt war. Aber was sollte ich dagegen tun? Ich saß am kürzeren Hebel. Ich war derjenige, der das Geheimnis wahren musste. Meiner Frau gegenüber und auch im Interesse der Bank. Wir haben es mit einer enorm sensiblen Kundschaft zu tun. Sie kommt aus Russland, Asien und den arabischen Ländern. Weil eine Geldanlage immer Vertrauenssache ist, erwarten die Anleger, dass die Inhaber ihres Bankenhauses ebenfalls hundertprozentig vertrauenswürdig sind. Eine intakte Familie gehört da prioritär und zwingend dazu. Meine Frau Eleonore und meine beiden anderen Kinder, Max und Lotta, sind perfekt, um diese Fassade zu wahren. Ein uneheliches Kind aber, dass es zu nichts gebracht hat, würde alles zerstören.«

Känzig und Gröbli atmeten flach. Der Mundgeruch des Direktors krallte sich penetrant im kleinen Büro fest. Wie gern wäre Känzig aufgestanden und hätte über Hofers Pult Hofer hinweg ein Fenster aufgerissen. Die frische Luft hätte allen gutgetan. Aber er getraute sich nicht, Hofers in Gang gekommene Lebensbeichte mit einer Lappalie zu stören.

Dann stellte Gröbli die nächste Frage: »Hat Ihr Sohn Kurt nicht auch Wind bekommen von den Machenschaften Ihrer Bank vor fast hundert Jahren? In seinem Schließfach haben wir ein ausführliches Dossier zur Tramlinie 1 gefunden, die man damals mit einem Volksentscheid durch Trolleybusse ersetzt hat. Es hat einen heftigen Abstimmungskampf gegeben, in dem Ihr Bankinstitut eine zentrale Rolle gespielt hat. Sie wissen bestimmt, wovon wir reden: Schmiergelder, Urkundenfälschung, Aufkauf von Liegenschaften unter Vorspiegelung falscher Tatsachen. So hat Ihr Großvater Adalbert Hofer die Bank zu jenem Erfolg gebracht, von dem auch Sie heute noch profitieren.«

»Ja, Kurt hat das alles recherchiert. Darin war er geschickt, das muss ich ihm lassen. Er hat auch in meinem Privatarchiv gestöbert, das sich in einem Hinterzimmer in unserem Bankinstitut befindet. Ohne dass ich es bemerkt hätte. Und nicht auszudenken, wie viel Vermögen noch hinzugekommen wäre, hätte sich die Stimmbevölkerung damals zugunsten des Trams entschieden. Adalbert und seine Komplizen bei der Stadtverwaltung hätten entlang des Trassees des Einser-Trams eine Liegenschaft nach der anderen zwangsenteignet, ohne dafür einen gesetzlichen Auftrag gehabt zu haben. Einfach so, am Stadtrat und am Parlament und am Volk vorbei. Es war genial, was sich mein Großvater damals vorgenommen hat. Aber auch hochriskant. Sogar das Abstimmungsbüchlein haben sie zu ihren Gunsten manipulieren können. Warum dann diese dämlichen Stümper an der Urne dem Trolleybus trotzdem den Vorzug gegeben haben, ist mir schleierhaft. Denn so viel ist sicher: Wäre das Tram 1 damals noch weitergefahren, wäre ich jetzt Milliardär, nicht nur Millionär.«

Bei diesen Halluzinationen war Claude Hofer vom Stuhl hochgeschossen. Er fuchtelte mit den Armen, um das Gesagte zu betonen. Sogleich schwappte das Odeur aus seinem Rachen wieder stärker zu den beiden Besuchern herüber.

Sam Gröbli versuchte, mit seinem Geschick als Leitstellenmitarbeiter die nächste Weiche so elegant wie möglich zu stellen.

»Herr Hofer, wir danken Ihnen für Ihre Offenheit. Sie werden verstehen, dass wir Sie nachträglich nicht mehr zum Milliardär küren können. Wir werden Kurts Dossier zum verschwundenen Tram den Untersuchungsbehörden übergeben. Vermutlich sind alle Delikte bereits verjährt sind. Aber vielleicht besteht dennoch eine Handhabe, die von Ihrem Großvater unrechtmäßig in Besitz genommenen Häuser wieder ins Vermögen der Stadt zurückzuführen. Oder die Immobilien im Falle von Privatbesitz den Erben zukommen zu lassen. Mit einer umgekehrten Zwangsenteignung, sozusagen.«

Direktor Hofer ließ sich zurück in seinen Stuhl fallen. Er klaubte eine neue Minzpastille aus der Schale und wurde wieder schweigsamer. In der Postkartenkulisse hinter dem Bürofenster waren inzwischen die ersten Lichter angegangen. Sie strahlten aus den Fenstern der Anwaltskanzleien und Notariate, der Finanzinstitute und Treuhandbüros. Schräg gegenüber, bei einem Uhrengeschäft, flackerte eine Stehleuchte von Eames wie ein Lagerfeuer. Das Blitzen und Blinken verwandelte den Raum, offenbar ein Sitzungszimmer, in eine Diskothek ohne Besucher. Warum hat das nicht längst ein Hausmeister bemerkt und den defekten Beleuchtungskörper ersetzt, dachte Känzig.

Dann sah er den Moment gekommen, Hofer genauer zum Inhalt des Schließfachs zu befragen. »In Kurts Fach haben wir nicht nur das Tramdossier und ein paar Bücher und Zeitschriften gefunden, sondern auch eine große Anzahl Briefumschläge. 300 Stück müssten es sein. Alle sind mit Bleistift beschriftet und tragen einen Frankenbetrag und je eine Angabe zum Monat und zum Jahr. Das ist eine rätselhafte Sammlung, finden Sie nicht auch? Umgekehrt besitzen Sie selbst ja auch einen Schlüssel zum selbigen Schließfach. Sie sind im Brocky regelmäßig ein und aus gegangen, um etwas in dieses Fach zu legen oder mitzunehmen. Warum haben Sie diesen Schlüssel? Und was hat es mit den Umschlägen auf sich?«

Noch während Känzig seine Fragen eingeleitet hatte, war Claude Hofer merklich zusammengesackt. Er stellte die Ellbogen auf den Tisch, hob die Arme zum Kopf und legte das Gesicht vollständig in seine Handflächen. Er atmete schwer. Das Ausatmen ging nach und nach in ein verhaltenes Schluchzen über. Das Einatmen gelang ihm nur noch stoßhaft. Känzig sah, dass sich eine Träne den Weg über die Handflächen zum Daumenansatz gebahnt hatte. Dort glitzerte sie auf und tropfte auf die Tischfläche.

Die ersten Worte, die Direktor Hofer aus dieser Versenkung von sich gab, konnten seine Besucher fast nicht verstehen.

»Erpresst. Er hat mich erpresst. Kurt hat immer mehr Geld von mir verlangt. Schweigegeld. Würde ich nicht zahlen, würde er alles an die große Glocke hängen. Die Geschichte mit der Bestechung und dem Häuserkauf beim verschwundenen Tram wollte er in die Zeitungen bringen. Aber auch alles zu meiner außerehelichen Affäre und unserem Familienleben. Meiner Frau hätte er die Wahrheit gesagt, meinen beiden ehelichen Kindern ebenfalls. Und er hätte auf seinen Erbanteil gepocht, natürlich, das auch. Alles hat er gewollt, einfach alles. Allein weil er schlau war und sich über mein Bankinstitut informiert hat.«

»Was hat er über Ihr Institut in Erfahrung gebracht?«, fragte Känzig nach. »Im Schließfach haben wir nämlich einige Prospekte der Bank gefunden.«

»Die Bank Hofer hat letztes Jahr mit den Scheichs in Katar rekordhohe Millionenumsätze erzielt. Da wollte er auch sein Stück vom Kuchen abbekommen. Sehen Sie, ich habe ihn immer mit meinem Geld unterstützt, seit er auf der Welt war. Zuerst ging das Geld an seine leibliche Mutter nach Basel. Dann ist er achtzehn und damit volljährig geworden. Er hat seinen Namen wieder zu Hofer gewechselt und ist wieder nach Zürich gezogen, um mir die Hölle heiß zu machen. Eines Tages stand er da, so wie Sie jetzt, und verlangte von mir über die Volljährigkeit hinaus eine hohe Monatsrente. Wegen seiner schwierigen Kindheit sei er auch im Erwachsenenalter nicht arbeitsfähig, klagte er. Daher müsste ich ihn unterstützten. Ja, was sollte ich tun? Ich musste ihn erhören, sonst wäre alles aufgeflogen.«

Je länger Claude Hofers Redeschwall wurde, desto strenger roch es aus seinem Mund. Känzig und Gröbli hoben eine Hand zum Gesicht und drückten mit ihren Zeige- und Mittelfingern immer wieder unauffällig ihre Nasen zu.

»Aber beim Ausbezahlen der Monatsbeträge an Kurt wollte ich vorsichtig sein. Als Banker weiß ich, wie unendlich viele Spuren wir im digitalen Geschäftsverkehr hinterlassen. Ich wählte einen anderen, unverfänglicheren Weg: Ich habe jeden Monat das Geld für seinen Lebensunterhalt in einen Umschlag gesteckt und den Betrag, den Monat und das Jahr darauf notiert. Damit bin ich in der Mittagspause ins Bücher Brocky gefahren. Dort haben wir extra zu diesem Zweck ein Schließfach gemietet. Ich habe das Fach geöffnet, den Umschlag hineingelegt und es wieder abgeschlossen. Er hat das Geld aus dem Fach geholt, sobald er das nächste Mal ins Brocky kam. Wir haben mit dem Personal aushandeln können, dass wir das Fach exklusiv und unlimitiert nutzen durften. Und dass ich den zweiten Schlüssel erhielt. Den Grund dafür wussten die Mitarbeiter damals natürlich nicht. Das ist 1998 gewesen, nach seinem achtzehnten Geburtstag. Und jetzt ist er …«

Claude Hofer fing wieder an zu schluchzen. Er unterließ es, sein Gesicht erneut in den Händen zu verbergen. Seine Tränensäcke waren noch stärker angeschwollen, seine Augen hatten ihren Glanz verloren und wirkten wie zwei vom Spielen mattgeschliffene Murmeln. Schlaff hing das Seidentuch aus seinem Brusttäschchen herunter. Es erinnerte an eine rote Nelke, die ein nimmermüder Hochzeitsgast so lange im Knopfloch getragen hatte, bis das rauschende Fest in den Morgenstunden zu Ende gegangen und die Blume welk geworden war.

»Jetzt ist Kurt tot. Aber glauben Sie mir, ich habe es nicht so gewollt. Er hat mich erpresst. Die 4250 Franken, die wir zu Beginn abgemacht hatten, waren ihm bald nicht mehr genug. Er wollte mehr, immer mehr. Weil er auch mehr und mehr über die Firma herausfinden konnte. Ich habe die Monatszahlungen Schritt für Schritt erhöht, am Schluss waren wir bei über 6 000 Franken. Und er war noch immer nicht zufrieden. Ich habe ihm gesagt, wir müssten reden. Letzten Sonntag haben wir uns beim Brocky in einem Stehcafé getroffen, in dem er oft verkehrte. Ich sagte ihm, es sei endgültig genug, ich könne die Monatszahlung nicht noch weiter erhöhen. Er hat mich bloß ausgelacht und wieder gedroht, alles publik zu machen. Ich habe gespürt, dass er nicht mehr bei sich war. Der Alkohol hatte ihm jede Vernunft geraubt. Als das Café schloss, zogen wir zu einem Kiosk am See beim Hafen Enge. Dort becherte er weiter und wurde immer ausfälliger. Ich schlug vor, ihn nach Hause zu begleiten, aber er solle aufhören mit seinen Vorwürfen.«

Känzig war auf einmal in den Sinn gekommen, Claude Hofer ein Taschentuch anzubieten, damit er sich die Tränen abwischen und die Nase putzen konnte. Hofer nahm das Angebot dankend an und behielt das Papiertaschentuch anschließend mit beiden Händen umfasst bei sich auf dem Pult. Sanft strich er mit den Fingern immer wieder darüber. Fiel ihm die Erzählung schwer, knetete er es kräftig mit beiden Händen.

»Vom Kiosk am Hafen Enge haben wir denselben Weg zurück genommen. Als wir wieder beim Brocky ankamen, sagte er im Zorn, er würde jetzt auf der Stelle meine Frau anrufen und ihr alles erzählen. Ich wollte ihn davon abbringen, redete ihm gut zu. Es nützte nichts. Er nahm sein Handy aus der Jacke, torkelte unter den Lichtschein einer Straßenlaterne und starrte mit weit aufgerissenen Augen aufs Display, um meine private Nummer zu finden. Er scrollte und scrollte, und ich wurde schier wahnsinnig. Ich konnte nicht mehr klar denken. Ich wusste nur noch, dass ich mit aller

Kraft versuchen musste, diesen Anruf zu verhindern. Dann sah ich das grellgrüne Licht aufblinken, das diese E-Roller ausstrahlen, wenn sie irgendwo im Ruhemodus stehen. Ich packte den Roller, zuerst am Lenker, mit der rechten Hand. Dann merkte ich, wie schwer er war. Also nahm ich auch die linke Hand dazu. So hob ich den Roller mit beiden Armen auf, stemmte ihn die Höhe und ließ ihn mit voller Wucht auf Kurts Kopf krachen.«

Nun waren es Känzig und Gröbli, die sich wie aufgescheuchte Borkenkäfer fühlten und ihre Gesichter am liebsten in den Händen vergraben hätten. Doch sie blieben gefasst, saßen regungslos da. Und versuchten, nicht an das Geräusch zu denken, das beim Aufschlag eines schweren Stahlrollers auf einen menschlichen Schädel entstand.

Um diese Vorstellung wieder loszuwerden, blickte Känzig durchs Fenster nach draußen. Die unfreiwillige und menschenleere Disco im Uhrengeschäft gegenüber war noch immer im Gang. Die Lichtblitze der Stehleuchte warfen nervöse Reflexionen auf ein goldglänzendes Wirtshausschild, das von der Fassade ragte.

»Ich habe das nicht gewollt«, wiederholte Claude Hofer. »Ich wollte ihm einen Schrecken einjagen. Einen Denkzettel verpassen. Aber ich wollte ihn nicht töten.«

»Sie haben ihn doch bereits zuvor aus Ihrem Leben und aus dem Ihrer Familie getilgt. Das haben Sie ganz bewusst so gemacht, Herr Hofer. Das ist nicht im Affekt passiert. Und das ist auch wie ein Tod gewesen. Ein Tod auf Raten. Meinen Sie nicht, aus Kurt wäre etwas anderes geworden als ein Säufer, hätte er dieselbe Kindheit und Jugend gehabt wie Ihre beiden ehelichen Kinder Max und Lotta?«

Claude Hofer sank tiefer ins Polster seines Chefsessels. Er wirkte wie eine leblose Marionette, deren Fäden soeben von einer allmächtigen Schere durchschnitten worden waren. Man hörte ihn nicht mehr schluchzen, nicht einmal mehr atmen. Totenstill war es im Büro, nachdem draußen auch die letzte Möwe die Postkarte der Altstadtkulisse verlassen hatte.

Es war schon fast dunkel, als Känzig wieder bei Beatrice Hilti stand. Gröbli hatte er vorsichtshalber oben beim angeschlagenen Direktor gelassen. Man wusste ja nie. Es gab in Bankierskreisen viele Offiziere, die ihre Dienstpistolen in ihren Büroschubladen aufbewahrten.

Känzig teilte der verdutzten Assistentin mit, ihr Chef wünsche mit der Kriminalpolizei der Stadt Zürich verbunden zu werden. Und zwar mit Martin Habegger, dem Chef des Ermittlungsteams City. Herr Direktor Hofer wolle ihm gegenüber eine dringliche Aussage machen.

Beatrice Hilti wurde strohbleich wie ihr zum Knoten gebundenes Haar. Sie setzte das Headset auf, suchte die Nummer der Wache hervor und klickte auf »Anrufen«. Es dauerte nicht lange, da wanderten über ihr türkisenes Kleid die wie mit dem Cutter ausgeschnittenen Streifen des Blaulichts, das vom Dach des ausgerückten Dienstwagens strahlte. Habegger und Verstärkung stürmten in die Bank, um Direktor Hofer zur Einvernahme abzuführen.

»Wir sprechen uns später«, raunte Martin Habegger Leo Känzig im Vorbeigehen zu. »Aber danke schon mal für die Ermittlung, die wir so nicht führen konnten, weil wir knapp sind mit Personal. Dieser King Charles nimmt uns sehr in Beschlag ...«

Leo Känzig tippte sich zum Abschied mit aneinander gelegtem Zeige- und Mittelfinger an die rechte Schläfe. So, wie er es von den Westernhelden aus den alten Cowboyfilmen kannte, in denen am Schluss immer das Gute gewann.

Habegger lächelte und grüßte auf dieselbe Weise zurück.

Beat Grossrieder

Beat Grossrieder, 1967, wohnhaft in Zürich, Journalist und Autor, studierte Kulturwissenschaften und Geschichte in Zürich und Basel. Er ist Vater einer Tochter, Schlagzeuger in einer Band und veröffentlicht hier seinen ersten Kriminalroman. Der Autor hat – mit Ausnahme der Friedrich-Glauser-Werke, einer Handvoll Bündner-Krimis und einem Dutzend Maigret-Romanen – nie systematisch Krimis gelesen. Und er hat noch nie einen sonnabendlichen »Tatort« gesehen. Für das vorliegende Werk haben ihn vorab die Krimis von Friedrich Glauser inspiriert. Der Verfasser von Meisterwerken wie *Wachtmeister Studer*, *Matto regiert*, *Der Chinese* hat sich in einem Essay damit beschäftigt, ob ein Krimi überhaupt zum »Roman« geadelt werden kann. Oder ob er als »Parvenü« zwangsläufig der Trivialliteratur angehöre. Für Glauser benötigt ein guter Krimi das »Darstellen der Menschen und ihres Kampfes mit dem Schicksal«. Außerdem braucht er Spannung – echte Spannung, keine Fusel-Spannung wie beim gepanschten Schnaps. Schließlich wird ein Krimi dann zum lesenswerten »Zwitterding zwischen einem Kreuzworträtsel und einem Schachproblem« (Glauser), wenn er nicht bloß Augen für den Fall und dessen Aufdeckung hat. Sondern auch für Nebenstränge und Zwischentöne. *Das verschwundene Einser-Tram* versucht, Glausers Worte zu beherzigen. Die Fahndung läuft nicht linear, ein Verdächtiger hat wohl fahrlässig getötet, ist aber nicht der Mörder. Der Fall ist knifflig, die Ermittlung lässt tief in menschliche Abgründe blicken. Daher sei dem Tramkrimi dieses Bonmot von Glauser als Wegzehrung mitgegeben: »Glauben Sie mir, es lohnt sich, diejenigen zu enttäuschen, die nach den ersten zehn Seiten des Buches gleich am Ende nachblättern, um nur so schnell als möglich zu erfahren, wer der Täter ist …«

Von Beat Grossrieder ist im Atlantis Verlag erschienen: *Schweizermacher für Anfänger. Ein Handbuch zur Einbürgerung*. Zürich, 2022. 256 Seiten

ATLANTIS VERLAG

Beat Grossrieder

Schweizermacher für Anfänger
Ein Handbuch zur Einbürgerung

Der rote Pass ist begehrt wie eh und je, 2021 wurden 37.650 Personen eingebürgert. Obwohl es gar nicht einfach ist – und erst recht nicht einheitlich. Ordentliche Einbürgerungen sind in der Schweiz Angelegenheit der Gemeinden, und wer den roten Pass haben möchte, muss auch heute noch zermürbende Befragungsrunden durchstehen oder einen Test absolvieren, der es in sich hat. Und dabei sollte man nicht nur wissen, welchen Käse man fürs Fondue braucht oder wann die Morgartenschlacht stattgefunden hat. Wenn jeder Schweizer, der weniger als 60% richtig beantwortet, seinen Pass abgeben müsste, wäre die Eidgenossenschaft schnell bürgerlos.
Schweizermacher für Anfänger zeigt spannend auf, wie sich das Thema Einbürgerung in den letzten hundert Jahren entwickelt hat, welche Berühmtheiten es geschafft haben, Schweizer zu werden, und welche nicht, und was man heute ganz konkret leisten muss, wenn man Schweizer werden will. Über 80 Seiten Einbürgerungsfragen – von gestern bis heute – ermöglichen einen (eventuell entlarvenden) Selbsttest.

»Das Buch ist ein Lesegenuss, mit profunder Sachkenntnis und Sensorium für Skurriles und Überraschendes.«
Brigitte Frizzoni / Schweizerisches Archiv für Volkskunde

ATLANTIS VERLAG

Christine Brand

Drei Fälle für Milla Nova,
TV-Journalistin aus Bern

Das Geheimnis der Söhne
Kalte Seelen
Stiller Hass

Milla Nova, deren Neugier und Lebenslust so schwer zu bän-
digen sind wie ihre schwarzen Haare, ist nicht einfach Fernseh-
reporterin von Beruf. Reporterin zu sein ist ihr Leben. Sie ist eine
Vierundzwanzigstunden-Journalistin – so, wie Sandro Bandini
von der Bundespolizei ein Vierundzwanzigstunden-Polizist ist.
Medienschaffende sind quasi die natürlichen Feinde der Polizei,
aber Milla und Sandro sind ein Paar, und ihre Beziehung wird
durch ihre Jobs immer wieder auf die Probe gestellt. Sollte Milla
je das Drehbuch für eine tränenenselige Liebesschnulze schreiben, sie könnte ihre eigene Geschichte erzählen, denn Sandro
hat ihr das Leben gerettet. Aber Milla kann romantische Filme
nicht ausstehen, dafür ist die Realität, mit der sie tagtäglich kon-
frontiert wird, zu grausam.

»Christine Brand zeichnet mit der Akribie einer leidenschaft-
lichen Reporterin Bilder von Menschen und Orten, die mehr
sind als im Kopf konstruierte Figuren und Schauplätze.«
Berner Zeitung

ATLANTIS VERLAG

Andrea Fazioli

Elia Contini,
Privatdetektiv im Tessin

Damals im Tessin

Zwanzig Jahre sind vergangen, seit Malvaglia, ein Dorf in den
Tessiner Bergen, geflutet wurde, um auf dem Gelände einen
Stausee entstehen zu lassen. Besonders der verschlossene
Privatdetektiv Elia Contini denkt ungern an die Zeit zurück,
in der sein Vater verschwand. Vielleicht hat er deshalb seinen
Beruf gewählt, vermutet er: Lieber ist er derjenige, der die
Fragen stellt. Seine Klienten empfängt er in einem ehemaligen
Fischerschuppen im mediterranen Paradiso, abends kehrt er
in seine Hütte in den Bergen zurück. In seiner Freizeit streift
er am liebsten durch die Wälder, um Füchse zu fotografie-
ren. Als jener Teil des Sees trockengelegt werden soll, auf dem
auch das Haus seiner Kindheit stand, muss Contini sich seiner
Vergangenheit stellen.

»Dramaturgisch, erzählerisch und stilistisch
ist Andrea Fazioli ein äußerst lesenswerter
Kriminalroman geglückt.«
Volker Albers / Hamburger Abendblatt

Weitere Fälle in Vorbereitung

ATLANTIS VERLAG

Roger Graf

Philip Maloney
im Atlantis Verlag

Üble Sache, Maloney

Ticket für die Ewigkeit

Tödliche Gewissheit

Sein bester Freund ist Whisky, er schläft am liebsten auf dem Boden unter dem Schreibtisch in seinem schäbigen Büro. Der kauzige Privatdetektiv begeistert seit Jahrzehnten zahllose Krimifans und ist längst Kult, seine haarsträubenden Fälle, jetzt endlich wieder in schönen Ausgaben lieferbar, machen süchtig. Der vorlaute Schnüffler mit zweifelhaftem Charakter und ständigen Geldsorgen hat immer einen frechen Spruch auf den Lippen und hangelt sich geschickt von Fall zu Fall und von Leiche zu Leiche. Nur die Frauen hemmen mitunter seine Zielstrebigkeit – und die Ermittlungen. Und noch einen Störfaktor gibt es: Hugentobler, seines Zeichens Kripobeamter, der sehr viele Makel hat, was Maloney so auf den Punkt bringt: »Dümmer als Topflappen.«

»Roger Graf führt die Leser in ein Dickicht, aus dem es kein Entrinnen gibt – es sei denn im Weiterlesen.«
NZZ

ATLANTIS VERLAG

Marcel Huwyler

Zwei Fälle für Ex-Unternehmergattin
Eliza Roth-Schild

Das goldene Taschenmesser
Der lila Seeteufel

Das luxuriöse Dasein von Unternehmergattin Eliza Roth, ge-
borene Schild, ist jäh zu Ende, als ihr Mann bankrottgeht und
sich beim versuchten Versicherungsbetrug in die Luft sprengt.
Die Lebedame steht vor dem Nichts. Ihre Notlage bringt sie auf
eine Geschäftsidee: Wirtschaftsspionage. Und ihr nach Macht
und Reichtum klingender Namen »Roth-Schild« passt dazu
ausgezeichnet. Andere »Kundschaft« wäre Eliza dagegen gerne
los, denn dubiose Gestalten sind hinter einem sagenumwobe-
nen Sammlerstück ihres verstorbenen Gatten her: ein goldenes
Taschenmesser von der Titanic …
In ihrem zweiten Fall ermittelt Eliza Roth-Schild am Bodensee: Kuno Schenk hat sich vom Sanitärinstallateur zum Self-
made-Millionär gemausert. Als seine Tochter beabsichtigt, den
hochattraktiven und vermeintlich erfolgreichen Ken Bauer zu
heiraten, riecht der Vater die Lunte: Der schöne Ken will an das
Erbe. Auf der Geburtstagsparty auf seinem opulenten Haus-
boot am Bodensee soll Eliza Roth-Schild den Schwiegersohn in
spe intensiv durchleuchten.

Weitere Fälle in Vorbereitung